# Sturmflut

## Ein Fall für Suna Lürssen

### von Kerstin Wassermann

edition elibresca

Über das Buch:

*»Ich möchte, dass Sie herausfinden, warum ich meinen Freund getötet habe.«*

Es ist ein ungewöhnlicher Auftrag für die Lübecker Privatdetektivin Suna Lürssen. Ihre Klientin Fenja hat in ihrer Wohnung auf Sylt einen Freund erstochen. Sie erinnert sich kaum noch an den Abend, an dem es passiert ist. Festzustehen scheint nur, dass sie in Notwehr gehandelt hat.

Als Suna versucht, mehr über die Hintergründe der Tat herauszufinden, merkt sie schnell, dass der Fall wesentlich komplizierter ist als erwartet. Und bald schon wird eines klar: Mit ihren Ermittlungen sticht sie mitten in ein Wespennest.

# Sturmflut

## Ein Fall für Suna Lürssen

## von Kerstin Wassermann

edition elibresca

Alle Rechte vorbehalten
© 2013
Verlag Kerstin Wassermann
- edition elibresca -
Maifischweg 35, 68549 Ilvesheim

ISBN: 978-3-943859-21-8

Coverdesign: © Kerstin Wassermann
unter Verwendung von
Bild #34915954 Zacarias da Mata – Fotolia.com

www.elibresca.com

Nur, wer verzagend das Steuer loslässt,

ist im Sturm verloren.


*Emanuel Geibel*

*Freitag, 30. November*

Carolin Becker griff in ihre Tasche und zog den Schlüssel für das *Hynsteblom* hervor, in dem sie seit etwas mehr als zwei Jahren arbeitete. Sie freute sich auf den bevorstehenden Abend mit Fenja, die nicht nur ihre Chefin, sondern auch ihre beste Freundin war. Die beiden hatten sich verabredet, gemeinsam ins Kino zu gehen und anschließend die neue Cocktailbar an der Westerländer Strandpromenade auszuprobieren. Eventuell wollte ihr gemeinsamer Freund Mark auch noch mitkommen.

Als sie den Schlüssel im Schloss herumdrehen wollte, stutzte sie plötzlich. Die Tür war bereits offen. Mit einem leisen Klicken sprang sie auf und schwang nach innen.

Verwundert warf Carolin einen Blick auf ihre Armbanduhr. Es war kurz nach halb neun. Eigentlich hatte der Laden seit mehr als einer halben Stunde geschlossen. Dafür sprach auch, dass die Beleuchtung im Inneren ausgeschaltet war. Jetzt, Ende November, war es um diese Zeit schon ganz dunkel. Das einzige Licht war das der Straßenlampen, das sich in der diesigen Herbstluft mühsam ausbreitete und schwach durch das große Schaufenster hereinfiel.

Von den Touristen, die sich im Sommer massenhaft durch die Strandstraße schoben, war jetzt nichts mehr zu entdecken. Nur vereinzelte Gestalten auf der Suche nach etwas Essbarem oder einem Feierabendbier waren noch unterwegs, doch die feuchte Kälte trieb sie schnell in die umliegenden Bars oder Restaurants.

Umso erstaunlicher war es, dass Fenja nicht abgeschlossen hatte. Normalerweise war sie äußerst penibel, was ihren Laden anbetraf. Carolin wusste, dass ihre Freundin nicht nur ihre gesamten Ersparnisse investiert hatte, um sich eine eigene Existenz aufzubauen, sondern sich zusätzlich noch von ihren Freunden und Bekannten Geld geliehen hatte. Keine Bank hatte sich bereit erklärt, ihr für ein dermaßen unsicheres Vorhaben einen Kredit zu gewähren. Souvenirshops gab es in Westerland viele, und das Geschäft mit den Touristen war hart umkämpft.

Trotzdem hatte Fenja es geschafft, mit viel Geschick und noch mehr Arbeit ein gut laufendes kleines Unternehmen aufzubauen. Anscheinend hatte sie genau die richtige Entscheidung getroffen: Anstatt des üblichen Kitsches wie Schlüsselanhänger, Tassen und bedruckter Billig-T-Shirts verkaufte sie hauptsächlich die Werke ortsansässiger Künstler und Kunsthandwerker.

Als Carolin das Innere des Ladens betrat, ertönte die vertraute Glocke, die jeden Besucher ankündigte. Einen Moment wartete sie, ob Fenja ihr entgegen kommen würde, aber nichts passierte. Also schaltete sie das Licht ein und sah sich flüchtig um.

Alles wirkte normal. An den Wänden hingen Bilder in verschiedenen Maltechniken, die alle Ansichten von Westerland und der näheren Umgebung zeigten. Von abstrahierten Zeichnungen bis zu fotorealistischer Malerei gab es für jeden Geschmack etwas. Auf einem modernen Metallregal waren Skulpturen ausgestellt, und in der neuen Vitrine wurde Designerschmuck durch eine ausgeklügelte Beleuchtung, die jetzt natürlich ausgeschaltet war, raffiniert in Szene gesetzt.

Den Schmuck hatte Fenja erst wenige Tage zuvor in das Sortiment aufgenommen. Er stammte von der bekannten Schmuckdesignerin Merle Meinhardt, die ein paar Kilometer nördlich der Grenze an der dänischen Küste wohnte und arbeitete. Erst nach zähen und langwierigen Verhandlungen hatte sie zugestimmt, dass ihre Stücke im Hynsteblom verkauft werden durften. Fenja versprach sich davon gute Umsätze, vor allem im gerade anlaufenden Weihnachtsgeschäft. Der Schmuck war nicht nur für Touristen, sondern auch für Einheimische interessant, die ein schönes Geschenk suchten. Umso mehr wunderte sich Carolin darüber, dass Fenja das alles so einfach unbeaufsichtigt ließ.

»Fenja?«, rief sie vorsichtig. »Fenja, bist du hier?«

Als keine Antwort kam, probierte sie es noch einmal: »Fenja?«

Doch wieder blieb alles still.

Carolin schloss die Ladentür hinter sich ab und ging zur Treppe im hinteren Teil des Ladens, die zu Fenjas Wohnung hinaufführte. Schon von unten konnte sie sehen, dass die Wohnungstür einen Spaltbreit offenstand.

Sie lächelte. Anscheinend war ihre Freundin schnell hochgelaufen, vielleicht um etwas zu holen. Oben hatte sie dann wahrscheinlich einfach nicht mehr daran gedacht, dass der Laden noch nicht abgeschlossen war. Vielleicht war sie gerade dabei, das Abendessen zu machen oder sich die Zeit bis zum Kino im Internet zu vertreiben.

Schwungvoll sprang Carolin die Stufen hoch.

»Fenja, Süße, du hast unten die Tür offen stehen lassen. Wir können von Glück sagen, dass niemand reingekommen ist und den ganzen Laden ausgeräumt hat«, sagte sie, noch während sie die Tür ganz aufstieß und die Wohnung betrat.

Dann blieb sie abrupt stehen und starrte mit offenem Mund auf ihre Freundin. Sie bemerkte gar nicht, dass ihr Schlüsselbund aus ihrer Hand rutschte und scheppernd auf den Boden fiel.

Den Anblick, der sich ihr bot, würde sie nie wieder vergessen.

Fenja kniete auf dem Fußboden und sah sie aus weit aufgerissenen Augen an. Ihr Gesicht war unnatürlich blass. Deutlich zeichneten sich dunkle Blutspritzer ab, die quer über Wangen und Stirn verteilt waren.

Auch Fenjas Hände waren voller Blut. Mit der rechten Hand hielt sie fest eine spitze Schere umklammert. Unter ihr hatte sich eine dunkle Lache ausgebreitet, die an den Rändern bräunlich zu verkrusten begann. Ein Teil des Blutes war in den Stoff ihrer Jeans gesickert und hatte ihn dunkel verfärbt.

Vor Fenja auf dem Fußboden lag ein junger Mann. Obwohl sein Gesicht völlig mit Blut beschmiert war, erkannte Carolin ihn sofort: Es war Mark Sennemann, ihr gemeinsamer Freund, mit dem sie heute eigentlich ins Kino gehen wollten.

Sein Körper war seltsam verdreht und in seinem Hals klaffte eine tiefe Wunde. Seine braunen Augen starrten blicklos ins Leere.

Entsetzt schlug Carolin die Hände vor das Gesicht. Obwohl ihr übel wurde, schaffte sie es nicht, ihren Blick von dem grausamen Bild vor ihr abzuwenden.

»Oh mein Gott«, brachte sie tonlos hervor.

Fenja starrte ihre Freundin immer noch mit schreck-geweiteten Augen an.

»Carolin, bitte ...«, stammelte sie mit zitternder Stimme. »Carolin, bitte hilf mir!«

## Montag, 11. Februar

»Ich möchte, dass Sie herausfinden, warum ich meinen Freund getötet habe.«

»Wie bitte?« Suna Lürssen war sich ganz sicher, sich verhört zu haben. Verblüfft starrte sie die Frau an, die ihr an ihrem Schreibtisch gegenübersaß.

»Ich möchte, dass Sie herausfinden, warum ich meinen Freund getötet habe«, wiederholte diese langsam, wobei sie jedes einzelne Wort betonte. Dann lächelte sie gequält. »Ich weiß, das hört sich merkwürdig an, und genau das ist es auch. Aber ich brauche dringend Ihre Hilfe, Frau Lürssen.« Sie beugte sich vor und sah Suna eindringlich an.

Die Privatdetektivin bemerkte, dass die Finger der Frau zitterten, obwohl sie inzwischen etwas ruhiger wirkte als ein paar Minuten zuvor, als sie das winzige Büro in der Lübecker Altstadt betreten hatte. Sie hatte sich als Fenja Sangaard vorgestellt, bevor sie ihr ungewöhnliches Anliegen ausgesprochen hatte. Der Name sagte Suna nichts.

Suna musterte sie erneut. Ihr Alter schätzte sie auf Mitte zwanzig, sie musste also ein paar Jahre jünger sein als sie selbst. Unter normalen Umständen wäre sie wahrscheinlich außergewöhnlich hübsch gewesen mit ihren kinnlangen dunkelblonden Haaren, den klaren, graublauen Augen, den feinen Gesichtszügen und der schlanken Figur. Aber jetzt lag in ihrem Blick etwas Gehetztes, das alle anderen Eindrücke vergessen ließ. Die dunklen

Ringe unter ihren Augen ließen außerdem vermuten, dass sie in letzter Zeit nicht allzu viel Schlaf gefunden hatte. Sie sah aus, als wäre sie mitten in einem Albtraum gefangen.

»Na, dann erzählen Sie mal der Reihe nach«, forderte Suna sie freundlich auf.

Die Frau holte tief Luft. Ihre Finger begannen hektisch, die kleine braune Lederhandtasche zu kneten, die sie auf ihre Knie gelegt hatte. Sie öffnete den Mund, um etwas zu sagen, schloss ihn aber gleich wieder und angelte in ihrer Handtasche nach einer Schachtel Zigaretten.

»Darf ich?«, fragte sie, noch während sie die Schachtel öffnete und sich eine Zigarette in den Mundwinkel schob.

Mit einem entschuldigenden Lächeln wies Suna auf den Rauchmelder, den sie extra für diesen Zweck knapp unterhalb der Decke an der Wand hinter dem Schreibtisch angebracht hatte. »Mein Vermieter besteht darauf«, erklärte sie und fühlte sich dabei nur ein ganz kleines bisschen schäbig. Sie brauchte zum Denken nun einmal einigermaßen saubere Luft.

»Ja, natürlich, bitte entschuldigen Sie. Ich hatte eigentlich sowieso längst aufgehört, aber die Sache macht mich einfach fertig.« Fenja nickte verlegen, steckte die Zigaretten wieder weg und lehnte sich auf ihrem Stuhl zurück. Dann holte sie tief Luft und sah Suna ernst an.

»Ich habe in Westerland einen kleinen Laden, das *Hynsteblom*, in dem ich Souvenirs und Kunsthandwerk verkaufe. Meine Wohnung liegt im ersten Stock direkt darüber. Beides bildet praktisch eine Einheit. Man muss durch die Geschäftsräume, um in die Wohnung zu kommen.« Sie machte eine kurze Pause und biss sich auf die Unterlippe.

Suna merkte, wie schwer es ihr fiel, ihre Geschichte zu erzählen. Daher drängte sie sie nicht, sondern wartete geduldig ab, bis sie von sich aus weitersprach.

»Es war ein Freitag im letzten Jahr, Ende November«, fuhr sie schließlich fort. »Ich war an dem Abend mit Freunden verabredet, genauer gesagt mit Carolin Becker, meiner Angestellten, und Mark Sennemann, einem Freund von mir, dessen Wohnung ganz in der Nähe meines Ladens lag. Wir wollten zuerst ins Kino gehen und anschließend vielleicht noch auf ein paar Drinks in eine Cocktailbar, die gerade neu in Westerland eröffnet hatte.«

Wieder stockte sie, und als sie ihre Erzählung fortsetzte, klang ihre Stimme brüchig.

»Gegen halb neun kam Carolin, um mich abzuholen. Sie hatte am Nachmittag freigehabt. Nun, als sie am Hynsteblom ankam, war die Tür des Ladens offen. Carolin hat sich natürlich darüber gewundert, dass der Laden nicht abgeschlossen war, hat aber gedacht, ich hätte es einfach nur vergessen. Sie ist also direkt hoch in meine Wohnung gegangen – und da hat sie uns gefunden. Mark lag tot auf dem Boden. Er hatte eine Wunde von einer Schere im Hals, die ihm seine Halsschlagader aufgerissen hatte. Er muss sehr schnell verblutet sein. Und ich saß neben ihm und hatte die Schere immer noch in der Hand.«

Inzwischen sprach sie so leise, dass Suna sich zu ihr vorbeugen musste, um jedes Wort verstehen zu können.

»Sie selbst können sich nicht mehr daran erinnern?«, folgerte sie aus ihrem Bericht.

Fenja lächelte verlegen, dann schüttelte sie den Kopf. »Es ist alles weg. Totaler Filmriss. Ich weiß das alles überhaupt nur, weil man es mir erzählt hat. Ab und zu träume ich davon, sehe Marks entsetztes Gesicht vor mir und das Blut, das aus seinem Hals sprudelt. Aber ich habe keine Ahnung, welche Bilder tatsächlich Teil meiner Erinnerung sind, und welche nur meiner Fantasie entspringen. Nach Meinung meiner Ärzte scheint der teilweise Gedächtnisverlust wohl normal zu sein. Sie haben eine posttraumatische Belastungsstörung bei mir diagnostiziert. Es ist fraglich, ob ich mich jemals wieder richtig an die Ereignisse erinnern kann.«

»Aber die Fakten sind gesichert? Ich meine, es gab doch sicher polizeiliche Ermittlungen, oder?«, hakte Suna nach. Sie wunderte sich, dass Fenja jetzt vor ihr saß und nicht in Untersuchungshaft.

Diese nickte. »Natürlich. Doch das Verfahren wurde relativ schnell eingestellt.« Als sie den erstaunten Blick der Privatdetektivin sah, lächelte sie matt. »Der Staatsanwalt geht davon aus, dass ich in Notwehr gehandelt habe, weil Mark mich fast erwürgt haben muss. Auch daran erinnere ich mich nicht, aber zumindest hatte ich deutliche Würgemale an meinem Hals. Die anderen denken, dass Mark mich bedrängt hat, sexuell, meine ich. Und dass ich mich gewehrt habe und er deshalb aggressiv geworden ist.«

»Aber Sie glauben das nicht?«

Sie zuckte die Achseln und begann wieder, ihre Handtasche zu kneten. Ihr Blick hetzte unruhig hin und her. »Ich – ich weiß nicht. Ich bin mir sicher, dass irgendetwas vorgefallen sein muss. Ich muss absolut in Panik gewesen sein, in höchster Lebensgefahr, um etwas so Schreckliches zu tun, das ist mir schon klar. Aber andererseits passt aggressives Verhalten überhaupt nicht zu Mark, kein bisschen, verstehen Sie? Er war einer der ruhigsten und ausgeglichensten Menschen, die ich kenne. Ich kann mir einfach nicht vorstellen, dass er mich vergewaltigen wollte. So war er nicht. Das hätte überhaupt nicht zu ihm gepasst.«

Stille Wasser sind tief, dachte Suna, sprach es aber nicht aus. Floskeln solcher Art waren jetzt bestimmt das Letzte, was Fenja sich anhören wollte. »Und deshalb soll ich für Sie nachforschen, aus welchem Grund Ihr Freund Sie angegriffen hat?«, fasste sie noch einmal zusammen.

Ihre zukünftige Klientin nickte. »Ich weiß, dass ich keine juristischen Konsequenzen mehr zu befürchten habe, aber ich muss wissen, was wirklich passiert ist. Ich denke, das ist die einzige Möglichkeit für mich, wieder einigermaßen zur Ruhe zu kommen.« Sie verzog verlegen ihr Gesicht. »Das hört sich absurd an, oder?«

»Überhaupt nicht«, widersprach Suna überzeugt. Sie konnte gut verstehen, was Fenja meinte. In den Jahren als Privatdetektivin hatte sie schon öfter die Erfahrung gemacht, dass Unsicherheit und ein schlechtes Gewissen für manche Menschen belastender waren als eine Gefängnisstrafe.

Ein Funken Hoffnung blitzte in Fenjas Augen auf. Offenbar hatte sie nicht damit gerechnet, dass ihr Anliegen ernst genommen werden würde. »Bedeutet das, Sie übernehmen den Fall?«

»Moment, nicht ganz so schnell!« Suna lachte kurz auf und hob abwehrend beide Hände. »Zuerst muss ich Sie darauf hinweisen, dass eine solche Untersuchung ein kostspieliges Unterfangen sein kann. Noch kann ich überaupt nicht abschätzen, wie aufwendig die Recherchearbeit in diesem Fall wird, aber mit ein paar Tagen müssen Sie auf jeden Fall rechnen.«

Sie sah, dass Fenja kurz schlucken musste, als sie ihr ihren Tagessatz mitteilte. Trotzdem zeigte sich um ihren Mund ein entschlossener Zug. »Das ist mir die Sache wert«, stellte sie fest.

»Das ist leider aber noch nicht alles, was an Kosten auf Sie zukäme«, warnte Suna. »Zusätzlich wird noch einiges an Spesen anfallen, vor allem natürlich Übernachtungskosten. Für Sie wäre es sicherlich günstiger, sich eine Detektei vor Ort zu suchen. Bestimmt gibt es auf Sylt eine gute Alternative. Wenn Sie wollen, kann ich mich umhören und Sie an einen Kollegen weitervermitteln, der ganz bei Ihnen in der Nähe arbeitet.«

Es kostete Suna eine Menge Überwindung, diesen Vorschlag zu machen. Ihre derzeitige Auftragslage passte perfekt zum trüben Lübecker Wetter, und einen lukrativen, mehrtägigen Job konnte sie sehr gut gebrauchen. Aber sie musste die Frau zumindest vorwarnen, worauf sie sich einließ. Ohnehin war es ihr ein Rätsel, wie sie darauf gekommen war, eine Privatermittlerin beauftragen zu wollen, deren Büro mehr als zweihundert Kilometer vom Einsatzort entfernt lag.

Allerdings brauchte sie nicht lange auf die Erklärung zu warten, denn Fenja schüttelte entschieden den Kopf.

»Nein, das möchte nicht. Auf Sylt hat die Geschichte viel zu hohe Wellen geschlagen. Ich möchte jemand Außenstehenden, der völlig unbefangen an die Sache herangeht. Außerdem will ich für die Nachforschungen nur eine Frau haben. Ich habe im Internet nach einer passenden Detektei gesucht, und Ihre war die einzige in der Nähe, bei der kein Name eines Mannes aufgetaucht ist.«

Suna nickte. Einzelkämpferinnen wie sie waren in dem Job immer noch recht selten anzutreffen.

Es schien Fenja ein wenig peinlich zu sein, als sie vorschlug:»Eine Freundin von mir ist für ein paar Wochen verreist. Wenn es Ihnen nichts ausmacht, können Sie in ihrer Wohnung übernachten. Das hätte auch den Vorteil, dass Sie gleich in der Nähe meines Ladens wären. Die Wohnung liegt nämlich im Haus direkt gegenüber – und sie ist wirklich schön. Sie würden sich dort bestimmt wohlfühlen«, fügte sie mit dem Eifer eines kleinen Kindes hinzu, das seinen Eltern ein besonders teures Geburtstagsgeschenk abschwatzen will.

Suna dachte an die klopfende Heizung und die zugigen Fenster ihrer eigenen kleinen Wohnung unter dem Dach des Hinterhauses und musste sich ein Grinsen verkneifen. In Wohnungsdingen war sie nicht unbedingt verwöhnt. Schlechter als zuhause würde sie es kaum erwischen können.

»Damit wäre sicherlich allen gedient«, stimmte sie daher lächelnd zu. »Und ich nehme den Auftrag natürlich gern an.« Sie öffnete die Datei mit den Vertragsvorlagen auf ihrem Computer. »Dann werde ich mal den Vertrag aufsetzen. Wann soll ich denn loslegen?«

Wieder schien ihrer Neu-Klientin die Antwort unangenehm zu sein. Sie wand sich und rutschte auf ihrem Stuhl hin und her, bevor sie zurückgab: »Morgen Vormittag will ich das Hynsteblom zum ersten Mal wieder aufmachen. Es ist vielleicht ein bisschen kurzfristig, aber es wäre klasse, wenn Sie dabei sein könnten.«

\*

Sofort, nachdem Fenja Sangaard Sunas Büro verlassen hatte, griff die Privatermittlerin zum Telefon.

Zuerst wählte sie Rebeccas Handynummer. Rebecca Lürssen war nicht nur ihre Ex-Schwägerin, sondern auch Mitarbeiterin der Lübecker Staatsanwaltschaft und als solche eine unschätzbar wertvolle Informationsquelle.

Sie meldete sich gleich beim ersten Klingelton. »Suna, meine Liebe, das ist ja schön, dass du mal was von dir hören lässt. Wie geht es dir?«

»Gut, danke. Ich hoffe, bei dir ist auch alles in Ordnung.«

»Naja, man lässt sich so treiben«, drang ihre Stimme aus dem Telefon.

Suna grinste wissend. Wenn Rebecca sich treiben ließ, hieß das normalerweise, dass sie an ihrem Schreibtisch saß, die langen schlanken Beine lässig übereinandergeschlagen, und sich mit den Fingern durch die langen blonden Locken fuhr, während sie irgendwelche Akten studierte. Und vor allem hieß das, dass ein großer Teil ihrer männlichen Kollegen auffällig oft auffällig banale Dinge mit ihr zu besprechen hatte.

Während Suna sich selbst eher als unscheinbar einordnen würde, konnte man Rebeccas Äußeres ohne Übertreibung als umwerfend bezeichnen.

Umso erstaunlicher war es, dass die beiden Frauen sich immer noch so gut verstanden, auch nachdem Sunas Ehe mit Rebeccas Zwillingsbruder Robert in die Brüche gegangen war. Tatsächlich hatte sie manchmal mit dem

Gedanken gespielt, ob es nicht besser gewesen wäre, die Ehe einfach durchzuziehen, nur um Rebecca als Schwägerin zu behalten. Aber das war natürlich Unsinn. Mit einem Kopfschütteln vertrieb sie die absurde Idee.

Sie überlegte kurz, welches Vorgehen sie am besten ans Ziel führen würde und beschloss dann, direkt zum Frontalangriff anzusetzen.

»Ich habe einen neuen Auftrag, und da bräuchte ich ein paar Informationen«, begann sie. »Natürlich habe ich dabei sofort an dich gedacht. Du bist ja auf dem Gebiet absolut unschlagbar.«

Rebecca quittierte die Schmeichelei mit einem gequälten Stöhnen. »Irgendwie habe ich mir schon gedacht, dass du nicht ohne Hintergedanken anrufst. Du weißt, ich helfe dir immer gern, aber alles hat seine Grenzen. Ich kann riesigen Ärger bekommen, wenn ich etwas rausgebe und damit dem Fall schade. Es geht doch hoffentlich nicht um laufende Ermittlungen?«

»Nein, selbstverständlich nicht. Es betrifft einen Fall vom November letzten Jahres. Meine Klientin ist eine Frau namens Fenja Sangaard. Sie hat in Notwehr einen Freund erstochen, Mark Sennemann. Der Fall ist längst abgeschlossen, aber ich soll noch ein bisschen über die Hintergründe herausfinden.«

Rebecca überlegte einen Moment. »Ich kann mich nicht an den Fall erinnern«, meinte sie dann.

»Kein Wunder. Es war nicht euer Zuständigkeitsbereich. Das Ganze fand nicht im Raum Lübeck, sondern auf Sylt statt. Meinst du, du kannst trotzdem etwas darüber in Erfahrung bringen?«, fragte Suna vorsichtig.

»Das dürfte eigentlich kein Problem sein, das regele ich schon«, gab Rebecca lässig zurück.

»Ich habe gehofft, dass du das sagst«, lachte Suna. Ihre ehemalige Schwägerin hatte überall ihre Beziehungen. Für sie sollte es keine Schwierigkeiten bedeuten, an die Akte eines abgeschlossenen Falls heranzukommen, auch nicht, wenn er in einem anderen Zuständigkeitsbereich lag. »Du bist ein Schatz. Ich schulde dir was«, beteuerte sie.

»Wo du gerade davon anfängst. Am übernächsten Wochenende feiern Robert und ich unseren Geburtstag. Du kannst ja mal vorbeischauen.«

»Oh nein, soviel schulde ich dir nun auch wieder nicht«, unterbrach Suna sie in gespieltem Entsetzen. Gleich darauf drang Rebeccas melodisches Lachen durchs Telefon. Suna wusste, dass Rebecca die Hoffnung noch nicht aufgegeben hatte, dass aus den beiden irgendwann wieder ein Paar werden würde. Aber es brauchte wesentlich mehr als das Besorgen einer Ermittlungsakte, um Suna auf die Geburtstagsfeier ihres Exmanns zu locken.

Nachdem Rebecca ihr versprochen hatte, ihr so schnell wie möglich die Informationen zukommen zu lassen, legte Suna auf und wählte eine Hamburger Festnetznummer. Sie ließ es ein paar Mal läuten und wollte schon wieder auflegen, als sich eine verschlafene Stimme meldete.

»Jaaaa?«

»Kobo, bist du das?«, fragte Suna vorsichtig, obwohl sie sich sicher war, den richtigen Gesprächspartner erwischt zu haben.

Goran Kobosevic war der einzige Mensch, den sie kannte, der sich zu jeder möglichen und unmöglichen Tageszeit im Tiefschlaf befinden konnte. Sie hatte ihn ein paar Jahre zuvor kennengelernt, als sie noch für eine große Hamburger Detektei gearbeitet hatte, und sie kannte niemanden, der im Umgang mit dem Computer so viel Geschick hatte. Er beschaffte Informationen, an die sie selbst trotz ihrer guten Beziehungen niemals herankommen würde. Allerdings hielt er sich dabei nicht immer sklavisch an die Gesetze, was ihm trotz seiner noch nicht einmal fünfundzwanzig Jahre schon einigen Ärger eingebracht hatte. Damals hatte Sunas rechtzeitige Warnung dafür gesorgt, dass er mit einem blauen Auge davongekommen war, als die Detektei gegen einen Ring krimineller Hacker ermittelt hatte. Seitdem arbeitete Kobo gelegentlich für sie – auf Stundensatzbasis, mehr konnte sie sich nicht leisten.

»Suna, verdammt, es ist mitten in der Nacht«, knurrte er jetzt.

»Um halb drei nachmittags? Ich weiß ja, dass du nicht viel von Büchern hältst, aber du hast doch Internet. Lies doch spaßeshalber mal nach, wie man Nacht definiert«, schlug Suna lachend vor. Inzwischen hatte sie sich abgewöhnt, ein schlechtes Gewissen zu haben, wenn sie ihn aus dem Schlaf riss.

Er ging nicht auf das Geplänkel ein. Stattdessen gähnte er lautstark und fragte dann: »Also, was willst du von mir?«

»Ich habe einen Job für dich«, gab Suna zurück. »Nichts Weltbewegendes, ich brauche nur ein paar Hintergrundinformationen über einen Mark Sennemann.« Sie schilderte ihm kurz die Fakten ihres neuen Falls und gab ihm noch die letzte Adresse und das Geburtsdatum des Toten.

»Okay, ich sehe mal, was ich finde«, murmelte Kobo und gähnte noch einmal so herzhaft, dass sie Mühe hatte, sich nicht davon anstecken zu lassen. »Es kann aber ein bisschen dauern. Ich bin gerade noch mit einem Softwaretest beschäftigt.«

Suna lachte. »Ist gut, aber lass dir nicht zu viel Zeit, ja?« Sie wusste nur zu gut, was ein solcher Softwaretest bei ihm war: Er stand kurz davor, den Highscore irgendeines abstrusen Ballerspiels zu knacken.

Nachdem sie ihm das Versprechen abgenommen hatte, sich in spätestens drei Tagen wieder bei ihr zu melden, beendete sie das Gespräch.

Sie überlegte, sich gleich an den Computer zu setzen und im Internet über den Fall zu recherchieren, verwarf den Gedanken aber wieder. Die bessere Strategie war sicher, erst einmal unvoreingenommen die objektiven Ergebnisse der Ermittlungsakte zu lesen, bevor sie sich von der reißerischen Berichterstattung in den Medien beeinflussen ließ.

Also packte sie ihren Laptop ein, schloss ihr Büro ab, lief ins Hinterhaus, in dem ihre Wohnung lag, und zog ihre Joggingsachen an. Obwohl ihr innerer Schweinehund die massige Statur eines ausgewachsenen Bernhardiners besaß, zwang sie sich regelmäßig zum Laufen.

In ihrem Job war körperliche Fitness ein nicht zu unterschätzender Erfolgsfaktor. Es war wichtig, einer Zielperson folgen zu können, ohne gleich aus der Puste zu kommen. Noch wichtiger war es manchmal allerdings, schneller zu sein als eben diese Zielperson. In flagranti ertappte Ehemänner konnten da ebenso wenig zimperlich sein wie erwischte Diebe von Geschäftsgeheimnissen, wie sie schon schmerzhaft am eigenen Leib erfahren hatte. Manchmal war Weglaufen einfach die bessere Entscheidung, und dann war es ratsam, sich nicht einholen zu lassen.

*

Während Suna ihre übliche Acht-Kilometer-Runde trabte, überkamen sie erste Zweifel wegen ihres neuen Auftrags. Es war eine Sache, eine Person zu beschatten und herauszufinden, was sie in scheinbar unbeobachteten Momenten trieb, oder in Erfahrung zu bringen, wer sich im Warenlager einer Werkstatt schamlos an Ersatzteilen bediente. Aber die Motivation eines Toten zu ergründen, erschien ihr plötzlich als eine fast unlösbare Aufgabe. Vielleicht war es besser, Fenja Sangaard anzurufen und die ganze Sache abzublasen, auch wenn sie den Vorschuss, den sie ihr bereits gezahlt hatte, schmerzlich vermissen würde. Sie kam sich unfair vor, bei dermaßen geringen Erfolgsaussichten Geld von ihr zu nehmen.

Ihre Meinung änderte sich allerdings schlagartig, nachdem sie geduscht und sich wieder angezogen hatte.

Mit einer riesigen Tasse Milchkaffee setzte sie sich vor den Computer und rief ihre E-Mails ab. Erstaunt stellte sie dabei fest, dass bereits Post von Rebecca eingegangen war. *Geburtstagszeitung Paps* lautete der Betreff der Mail, die ihre ehemalige Schwägerin ein paar Minuten zuvor an sie geschickt hatte.

Suna grinste, speicherte den Anhang auf der Festplatte und löschte die Mail, bevor sie die Datei öffnete. Sie wusste, dass dadurch nicht verhindert wurde, dass man ihre Spur wenn nötig verfolgen konnte. Fachleute waren jederzeit in der Lage, solche einfach gelöschten Inhalte zu rekonstruieren. Aber jemand, der schnell mal in ihren Computer sah, wurde nicht gleich mit der Nase auf die Verbindung zur Staatsanwaltschaft gestoßen.

Der Inhalt der geöffneten Datei war trotz des einladenden Titels nicht dazu geeignet, gute Laune auf einer Geburtstagsparty zu verbreiten. Es war die Ermittlungsakte zum Tod von Mark Sennemann.

Zuerst erschienen auf dem Monitor Fotos des Tatorts und der Leiche von Mark Sennemann. Suna atmete hörbar aus, als sie das erste Bild sah. Gäbe es das Wort Blutbad noch nicht, hätte man es für diese Situation erfinden müssen, dachte sie erschüttert.

Es war genau so, wie Fenja es geschildert hatte. Der Tote lag in einer riesigen Blutlache, die sich um ihn herum auf dem hellen Parkett ausgebreitet hatte und an den Rändern bereits eine bräunliche Kruste bildete. Rundherum war der Boden von dunklen Blutspritzern übersät. Zudem waren unzählige Fußabdrücke zu sehen. Offenbar war Fenja nach der Tat ziellos im Zimmer herumgeirrt, wobei sie mehrfach in die Blutlache getreten war und deutliche sowie verwischte Spuren hinterlassen hatte.

Trotz eines Anflugs von Ekel und Abscheu betrachtete Suna das Bild eingehend, bevor sie sich den nächsten Fotos zuwandte, die Detailaufnahmen zeigten.

Zuerst erschien die blutbeschmierte Schere mit schwarzem Plastikgriff auf dem Monitor, dann die einzelnen Fußspuren. Als ein Bild vom Hals des Opfers mit der klaffenden Wunde aufgeblendet wurde, musste Suna sich kurz abwenden und gegen die aufsteigende Übelkeit ankämpfen.

Schnell blätterte sie weiter, bis sie zu den Bildern kam, die Fenjas Verletzungen zeigten. Ihr Hals wies zahlreiche Blutergüsse in Blau- und Lilatönen auf. An den Stellen, an denen sich die Fingernägel ihres Angreifers tief in die Haut gebohrt hatten, waren zudem blutige Kratzer zu sehen. Auch beide Hände zeigten Kratzwunden, und quer über ihr Gesicht verliefen die Spuren von Blutspritzern, wobei es sich jedoch nicht um ihr eigenes, sondern um das Blut von Mark zu handeln schien, das aus seiner Halswunde gespritzt war.

Viel schlimmer als die Wunden am Hals fand Suna jedoch den leeren, teilnahmslosen Blick von Fenja, den die Bilder schonungslos offenbarten. Er war dem des toten Mark Sennemann nicht unähnlich.

In diesem Augenblick wurde ihr klar, dass sie die richtige Entscheidung getroffen hatte, als sie den Auftrag angenommen hatte. Sie würde ihr Bestes geben, um die Hintergründe des Geschehens aufzuklären. Fenja hatte ein Recht darauf zu erfahren, was an diesem Novemberabend wirklich passiert war.

Für den folgenden Obduktionsbericht nahm Suna sich viel Zeit. Er überraschte sie nicht. Die Todesursache war demnach Verbluten durch das Durchtrennen der Halsschlagader mit der Schere gewesen, wobei das Herausziehen der Schere wohl eine stärkere Blutung verursacht hatte als das Hineinstoßen. Unter Marks Fingernägeln waren kleine Hautfetzen von Fenja gefunden worden. Der

Gerichtsmediziner hatte zudem festgestellt, dass Mark seit ungefähr eine Viertelstunde tot gewesen sein musste, als Carolin ihn und Fenja fand.

Alles schon bekannt, dachte Suna enttäuscht und blätterte zu den Ermittlungsprotokollen weiter, die sich als erstaunlich dünn erwiesen. Neben dem Bericht der Spurensicherung war ein ärztliches Attest enthalten. Übereinstimmend mit Fenjas Schilderung hatte Dr. Habenschneider, ihr behandelnder Arzt, eine posttraumatische Belastungsstörung bei ihr diagnostiziert, die ihre Erinnerung an das Ereignis stark einschränkte.

Es folgten die Protokolle mehrerer Befragungen. Am ausführlichsten war Carolin Becker, Fenjas Freundin und Angestellte vernommen worden. Sie hatte aber nicht mehr zu den Ermittlungen beitragen können als zu bestätigen, dass sie Fenja verwirrt neben dem toten Freund gefunden hatte. Auch von den Nachbarn und den Besitzern der umliegenden Geschäfte und Restaurants hatte niemand etwas mitbekommen.

Fenjas Einschätzung von Mark wurde bestätigt. Er war nicht vorbestraft und nie vorher als aggressiv aufgefallen.

Da alle Spuren am Tatort auf Notwehr hindeuteten, waren die Ermittlungen recht schnell eingestellt worden.

Suna schüttelte enttäuscht den Kopf, nachdem sie alle Berichte durchgegangen war. Sie hatte sich wesentlich mehr Informationen aus der Akte erhofft. Das Einzige, was sie erstaunt hatte, war der Hinweis darauf, dass Marks Leichnam nach der Freigabe zur Bestattung an die Gemeinde Sylt weitergegeben worden war. Bei einem Mann Mitte zwanzig war es ziemlich ungewöhnlich, dass es keine Angehörigen gab, die sich um die Beerdigung kümmern konnten. Sie nahm sich vor, sich am nächsten Tag bei Fenja danach erkundigen.

Es war schon dunkel, als Suna endlich den Computer für diesen Abend ausschaltete. Sie streckte sich und lockerte ihre Muskeln, die vom langen Sitzen ganz steif geworden waren, dann strich sie sich ratlos durch die kurz geschnittenen braunen Haare. Sie ahnte, dass ihr schwierige und langwierige Ermittlungen bevorstanden, aber sie hatte keine Idee, wie sie am besten vorgehen sollte. Diese Art von Auftrag war absolutes Neuland für sie.

In diesem Moment waren ihr nur zwei Dinge klar: Zum einen würde sie selbst keine Ruhe finden, bis sie wusste, was an diesem Novemberabend im Hynsteblom wirklich passiert war. Zum anderen würde sie das Abendessen ausfallen lassen. Beim Anblick der Fotos war ihr der Appetit gründlich vergangen.

## Sturmflut: Ein Fall für Suna Lürssen

### *Dienstag, 12. Februar*

Am nächsten Morgen machte sich Suna schon sehr früh auf den Weg nach Sylt. Sie wollte noch vor zehn Uhr dort ankommen. Um diese Zeit war die Wiedereröffnung des Hynsteblom geplant.

Obwohl sie noch beim Einschlafen die schrecklichen Bilder aus der Ermittlungsakte vor Augen gehabt hatte, war sie wider Erwarten von Albträumen verschont geblieben.

Als sie ihr Gepäck in ihren Wagen, einen schon etwas angekratzten grauen Golf-Kombi packte, war sie froh, endlich etwas unternehmen zu können. Sie verzog belustigt das Gesicht, als sie die Klappe des Kofferraums zuschlug. Normalerweise war das Auto für Observierungen ideal. Es war mittelgroß, mittelalt und meistens mittelschmutzig – mit anderen Worten: ziemlich unauffällig, zumindest in dem Umfeld, in dem sie sich meistens bewegte. Zwischen den teuren Luxuskarossen, die sie auf Sylt vermutete, würde es allerdings auffallen wie ein Straßenköter auf einer Zuchthundeschau. Sie zuckte die Schultern. Das ließ sich nicht ändern. Sie war nicht bereit, viel Geld für einen Mietwagen auszugeben, auch wenn sie es auf die Spesenrechnung setzen konnte. Außerdem rechnete sie nicht damit, viele Observierungen durchführen zu müssen. Wahrscheinlich würden die Ermittlungen der folgenden Tage hauptsächlich aus endlosen Befragungen der hoffentlich auskunftsfreudigen Freunde und Bekannten von Fenja und Mark bestehen.

Während der Autofahrt ließ sich Suna noch einmal alles durch den Kopf gehen, was sie von dem Fall wusste. Verdammt wenig, wie sie zugeben musste. Selbst als sie ihren Wagen auf den Sylt-Shuttle verladen hatte und im Zug über den Hindenburgdamm fuhr, der Sylt mit dem Festland verband, schaffte sie es kaum, den Ausblick zu genießen.

Es war gerade Ebbe und das Wasser hatte sich weit zurückgezogen. Die tief stehende Morgensonne tauchte das Wattenmeer in ein sanftes Schimmern, und auf dem Damm waren noch Reste der Schneefälle der vergangenen Tage zu sehen, die der Wind zu schmalen Streifen verweht hatte.

Suna lehnte sich einen Augenblick auf dem Fahrersitz ihres Wagens zurück und versuchte, einfach ein wenig abzuschalten, aber es gelang ihr nicht. Immer wieder tauchten die Bilder aus der Ermittlungsakte in ihren Gedanken auf, die sich nicht verdrängen ließen. Dabei war es erstaunlicherweise nicht die blutbeschmierte Leiche Mark Sennemanns oder dessen Stichwunde im Hals, die sie nicht mehr losließen, sondern Fenjas leerer Blick.

Sie war froh, als der Zug endlich in Westerland hielt. Da sie mit dem Auto gut durchgekommen war und auch nicht lange auf den Zug hatte warten müssen, war sie schon mehr als eine Stunde vor der geplanten Wiedereröffnung auf Sylt. Sie fuhr ihren Wagen vom Autozug und machte sich auf den Weg zum Hynsteblom.

Der kleine Laden lag in der Strandstraße, die zur beliebten Fußgängerzone der Ortschaft gehörte. Nachdem Suna ganz in der Nähe einen Parkplatz gefunden hatte, legte sie die restliche Strecke zu Fuß zurück.

Zu ihrer Enttäuschung befand sich das Hynsteblom nicht in einem malerischen Reetdachhaus, sondern in einem unscheinbaren roten Klinkerbau, der wahrscheinlich aus den siebziger oder achtziger Jahren stammte. Über dem großen Schaufenster, in dem ein einziges großes Aquarell des Hörnumer Leuchtturms in Szene gesetzt war, prangte in modernen, bronzefarbenen Buchstaben das Wort *Hynsteblom.* Fenja hatte ihr erklärt, dass es sich dabei um den friesischen Ausdruck für Löwenzahn oder Pusteblume handelte. Der Name gefiel ihr gut.

Nicht so gut gefiel ihr dagegen der Anblick des Schaufensters. Fenja Sangaard und eine weitere junge Frau mit schwarzen Locken und schokoladenbrauner Haut waren gerade dabei, mühsam die rote Farbe wegzuschrubben, die jemand auf die Glasscheibe geschmiert hatte. Obwohl die beiden schon eine ganze Weile damit beschäftigt gewesen sein mussten, war noch deutlich das Wort MÖRDERIN zu erkennen, das sich in großen Druckbuchstaben quer über die gesamte Breite des Fensters zog.

»Vielleicht geht es mit einem Glasschaber besser«, schlug Suna ohne vorherige Begrüßung vor.

Erschreckt fuhren die beiden herum. Als Fenja die Privatdetektivin erkannte, verzog sich ihr Gesicht zu einem Lächeln. »Die Idee hatten wir auch schon, aber das hat leider noch weniger gebracht als der nasse Lappen.«

Sie hielt ihr die Hand hin. »Hallo, Frau Lürssen. Ich habe so früh noch gar nicht mit Ihnen gerechnet, aber es freut mich, dass Sie wirklich hergekommen sind. Das ist übrigens Carolin Becker, meine Angestellte und gleichzeitig eine meiner besten Freundinnen.«

Suna schüttelte den beiden die Hand. Sie war etwas überrascht, da sie hinter dem deutsch klingenden Namen Carolin Becker nicht unbedingt eine Farbige vermutet hatte. Noch mehr erstaunte sie allerdings die Miene, mit der Fenjas Freundin sie begrüßte. Carolin versuchte zu lächeln, doch ihre dunkelbraunen Augen blieben kalt. In ihrem Blick lag tiefes Misstrauen, beinahe schon Feindseligkeit. Unwillkürlich fragte sich Suna sofort nach dem Grund für diese Abneigung. Sie kam aber nicht dazu, weiter darüber nachzudenken, da ihre Klientin ihre volle Aufmerksamkeit forderte.

»Es tut mir leid, dass wir Sie gleich mit diesem Anblick konfrontieren«, meinte Fenja matt, »aber irgendjemand scheint sich nicht besonders darüber zu freuen, dass ich meinen Laden wieder aufmachen will.«

»Es gibt eben immer Neider, die einem nicht mal das Schwarze unter den Fingernägeln gönnen«, zischte Carolin.

Suna musterte sie forschend. Sie schien sich über den Farbanschlag mehr zu ärgern als ihre Chefin, die beinahe schon resigniert wirkte.

»Warum glauben Sie, dass die Schmiererei etwas mit dem Hynsteblom zu tun hat?«, erkundigte sie sich deshalb. »Ich will Sie bestimmt nicht erschrecken, aber nach allem, was passiert ist, könnte es ja durchaus persönlich gemeint sein.«

Carolin presste die Lippen zusammen, sagte aber nichts. Stattdessen antwortete Fenja.

»Eigentlich ist das ja auch egal. Ich hatte schon damit gerechnet, dass irgendetwas in dieser Art kommt. Ich habe jemanden getötet und laufe immer noch frei herum und eröffne sogar meinen Laden wieder. Da wird es sicher den einen oder anderen geben, dem das nicht passt.« Sie versuchte, tapfer zu lächeln. »Wie auch immer, es hätte ja noch wesentlich schlimmer werden können.«

Als sie bemerkte, dass Suna sie fragend ansah, erklärte sie: »Ich komme aus einer alten Sylter Familie und bin auf der Insel geboren worden. Die meisten Einheimischen kenne ich also von Geburt an. Mark dagegen ist irgendwo in der Nähe von Hannover aufgewachsen und hat erst seit Kurzem hier in Westerland gewohnt. Ich will mir gar nicht vorstellen, wie mein Laden aussähe, wenn es umgekehrt gewesen wäre.« Sie lachte freudlos auf. »Die Sylter sind recht eigen, was den Unterschied zwischen Einheimischen und Auswärtigen angeht, aber das werden Sie bestimmt noch selbst merken.«

»Na, Sie machen mir ja Mut«, unkte Suna, schnappte sich ebenfalls einen Lappen und half, die Schmiererei zu beseitigen. Sie hätte Fenja gern noch ein bisschen über Mark Sennemann ausgefragt, wollte dies aber nicht in Carolins Gegenwart tun.

»Haben Sie einen Verdacht, wem Sie das Geschmiere zu verdanken haben?«, fragte sie deshalb nur.

Die Ladenbesitzerin zuckte die Achseln. »Da kämen etliche Leute infrage. Ein Freund oder eine Freundin von Mark vielleicht, neidische Konkurrenten, irgendjemand, der etwas gegen meine Familie hat. Ich habe keine Ahnung.« Sie sah ihre Freundin fragend an, aber auch die verneinte.

Suna blickte sich vor dem Laden um. In einigen Metern Abstand wuchs ein alter, knorriger Baum. Jetzt im Februar trug er natürlich keine Blätter, aber die dicht verzweigten Äste boten trotzdem eine gute Versteckmöglichkeit.

»Was halten Sie davon, wenn ich eine drahtlose Kamera dort in der Baumkrone installiere?« Mit einem Kopfnicken wies sie in die entsprechende Richtung. »Damit könnten wir die gesamte Front des Hynsteblom überwachen. Dann haben wir den Schmierfinken auf Video, wenn er noch einmal wiederkommen sollte.«

»Warum nicht?«, gab Fenja mit matter Stimme zurück, doch Carolin nickte entschlossen. »Auf jeden Fall. Den Kerl würde ich gern in die Finger kriegen. «

Wieder wunderte Suna sich über Carolins heftige Reaktion, verkniff sich aber einen Kommentar.

»Okay, dann mache ich das, aber erst heute Nacht. Wir wollen doch niemanden vorwarnen.«

Als sie ein paar Minuten später das Putzzeug wegpackten und den Laden betraten, war das Schaufenster zwar immer noch voller Schlieren, aber immerhin war von der uncharmanten Botschaft nichts mehr zu erkennen.

»Wow!«, entfuhr es Suna, als sie das Innere des Hynsteblom betrachtete. »So toll hatte ich mir das nicht vorgestellt.«

Tatsächlich war das Geschäft ziemlich klein, aber elegant und geschmackvoll eingerichtet. Obwohl Suna in den Ermittlungsakten schon Bilder davon gesehen hatte, war sie beeindruckt. Auf Regalen aus dunklem Holz und mattiertem Edelstahl waren Bilder und Skulpturen aus verschiedenen Materialien ausgestellt, die alle die Insel Sylt und das Wattenmeer zum Thema hatten. In einer Vitrine, deren Beleuchtung noch nicht eingeschaltet war, erkannte sie modernen Schmuck. Zusätzlich gab es ein paar Regale mit Büchern und einige ausgesuchte Kleidungsstücke. Mit einem geübten Blick auf einen Schal aus Rohseide stellte Suna fest, dass die Sachen ihre Preisklasse bei Weitem überstiegen.

»Wirklich, sehr schön«, meinte sie, nachdem sie alles begutachtet hatte.

»Danke.« Fenja schien zu spüren, dass die Ermittlerin es ehrlich meinte. Sie lächelte, und es war das erste Mal, dass ihr Lächeln weder gequält noch verlegen wirkte.

»Gibt es hier irgendwo eine Stelle, wo ich mich ein bisschen breitmachen kann?« Suna klopfte auf ihre Umhängetasche, die ihren Laptop enthielt, auf dem sie alle für den Fall relevanten Informationen abgelegt hatte.

Fenja wies auf eine schmale Tür, die sich direkt neben der Treppe nach oben befand. Die Stufen führten vermutlich zu Fenjas Wohnung im ersten Stock. »Da ist ein kleiner Abstellraum. Eigentlich war er mal als Büro gedacht, aber ich habe meinen Schreibtisch oben in meiner Wohnung. Momentan stehen nur ein paar Kisten darin. Wenn Sie wollen, kann ich die wegräumen. Dann hätten Sie genug Platz.«

Suna nickte. »Das wäre klasse. Dann könnte ich auch immer mithören, was im Laden gesprochen wird, ohne dass die Kunden mich sehen. Vielleicht fällt mir ja etwas auf, was hilfreich sein könnte. Manchmal hören Fremde mehr als die Betroffenen selbst.«

Während Fenja mit Carolins Hilfe den kleinen Raum leerräumte, brachte Suna ihre Sachen in die Wohnung im Haus gegenüber, die Fenjas Freundin gehörte. Wie erwartet war sie größer und wesentlich luxuriöser als Sunas

Dachwohnung in Lübeck, allerdings genauso unordentlich. Wie Suna selbst schien Fenjas Freundin das organisierte Chaos zu schätzen – oder sie schaffte es einfach nicht, penibel Ordnung zu halten. Suna grinste. In beiden Fällen empfand sie solidarische Sympathie für die unbekannte Frau. In dieser Wohnung konnte sie sich auf jeden Fall wohlfühlen.

Nachdem sie alles verstaut hatte, lief sie wieder über die Straße zum Hynsteblom zurück, in dessen Hinterzimmer sie sich einen provisorischen Arbeitsplatz einrichtete.

Ein paar Minuten vor zehn, noch bevor Fenja ihren Laden aufschließen konnte, klopfte jemand an die Tür. Ein großer, dunkelhaariger Mann von etwa dreißig Jahren stand davor und bückte sich etwas, um durch den Glaseinsatz ins Innere des Hynsteblom spähen zu können. Fenjas Miene hellte sich sofort auf, als sie ihn erkannte. Sofort eilte sie zum Eingang und schloss auf.

»Alles Gute zum Neuanfang wünsche ich!« Der Mann begrüßte Fenja mit einem flüchtigen Kuss auf die Wange und überreichte ihr mit einem schelmischen Grinsen einen Blumenstrauß. Danach wandte er sich Carolin zu, die ebenfalls einen Begrüßungskuss bekam.

»Danke, das ist echt lieb von dir. Ich hatte gehofft, dass du vorbeikommst.« Fenja strahlte und deutete mit einer Handbewegung auf Suna. »Das ist übrigens Suna Lürssen, eine Privatdetektivin aus Lübeck. Ich habe sie beauftragt, ein bisschen über die Hintergründe zu recherchieren. Naja, du weißt schon ...«

Sie lächelte traurig, dann wandte sie sich an Suna. »Das ist Kristian Petersen. Er ist Fotograf und sozusagen mein

Nachbar. Ihm gehört der Laden direkt neben dem Hynsteblom.«

»Freut mich.« Suna musterte den Mann prüfend, als sie ihm die Hand schüttelte. Er bemühte sich sichtlich um eine freundliche Miene, aber Suna war sein kurzes Zusammenzucken nicht entgangen, als ihre Auftraggeberin sie vorgestellt hatte. Genau wie Carolin schien er von ihrer Anwesenheit wenig begeistert zu sein.

Sunas Eindruck bestätigte sich sofort.

»Ach, Fenja«, meinte Kristian mit besorgtem Gesichtsausdruck, »ich verstehe dich ja, aber meinst du nicht, es wäre besser, das Ganze einfach auf sich beruhen zu lassen? Es ist jetzt so lange her, und so langsam solltest du wirklich wieder zur Normalität übergehen. Es kann nicht gut sein, alles wieder und immer wieder durchzukauen, meinst du nicht? Irgendwann musst du doch mal zur Ruhe kommen.«

»Das habe ich ihr auch schon gesagt, aber sie hört ja nicht auf mich«, warf Carolin ein. Sie verschränkte die Arme vor der Brust und sah ihre Freundin mit einem fast vorwurfsvollen Ausdruck an.

Suna hatte das Bedürfnis, für ihre Klientin Partei zu ergreifen, aber sie sagte nichts. Sie wollte sich nicht zwischen die Freundinnen drängen, sondern eine neutrale Beobachterposition einnehmen – zumindest in der ersten Zeit. In dieser Situation schien es ihr daher ratsam zu sein, sich aus den Meinungsverschiedenheiten herauszuhalten.

Ihre Sorge stellte sich ohnehin als unbegründet heraus.

»Es ist lieb, dass ihr euch meinetwegen Gedanken macht, aber ich denke, das ist ganz allein meine Entscheidung, okay?«, sagte Fenja mit erstaunlich fester Stimme.

Kristian hob abwehrend beide Hände. »Aye, Ma'm«, gab er grinsend zurück. »Du bist der Chef. Zumindest hier im Hynsteblom. Und ich freue mich ehrlich, dass du den Laden wieder aufmachst. Es war ganz schön leer hier ohne meine schönen Nachbarinnen.«

Sie wurden durch die Türglocke unterbrochen, die einen neuen Besucher ankündigte. Eine schlanke Frau mit stark blondierten Haaren und reichlich Make-up betrat das Geschäft. Zielstrebig steuerte sie auf Fenja zu. Carolin und Kristian ignorierte sie komplett, und auch Suna würdigte sie keines Blickes.

»Meinen herzlichsten Glückwunsch, meine Liebe«, rief sie mit hoher Stimme. »Es ist ja so schön, dass das Hynsteblom endlich wieder offen ist. Die Straße wirkte ja fast wie ausgestorben ohne euch. Es war beinahe *totenstill*!«

Suna meinte im ersten Moment, sich verhört zu haben, aber sie war ziemlich sicher, dass die Frau das letzte Wort besonders betont hatte. Fassungslos starrte sie zuerst zu Fenja und dann zu Carolin und Kristian hinüber. Dabei entging ihr nicht, dass die beiden bedeutungsvolle Blicke tauschten, während Fenja ein gepresstes »danke« murmelte.

»Tja, Mädels, dann genießt mal euren ersten Tag«, meldete sich Kristian zu Wort. »Ich muss leider los und meinen Laden öffnen. Ich wünsche euch auf jeden Fall einen erfolgreichen Neustart.«

Er hob zum Abschied flüchtig die Hand und verließ das Hynsteblom, dicht gefolgt von der blonden Frau, die so schnell verschwand, wie sie gekommen war.

»Viel Erfolg euch beiden. Man sieht sich«, säuselte sie noch, bevor die Tür hinter ihr ins Schloss fiel.

Carolin starrte ihr mit zusammengekniffenen Augen hinterher. »Dass die Schlampe es überhaupt wagt, hier aufzutauchen!«, zischte sie, während Fenja die Faust auf den Mund gepresst hatte und sichtlich bemüht war, ihre Fassung wiederzuerlangen. Carolin legte sanft den Arm um ihre Schultern. »Es tut mir so leid«, sagte sie mit sanfter Stimme. »Kann ich irgendetwas für dich tun?«

»Nein, es geht schon. Ich brauche nur ein paar Sekunden.« Fenja schüttelte den Kopf und atmete ein paar Mal tief durch. »Das war Claudia Kronholz«, meinte sie dann an Suna gewandt. »Ihr gehört der Souvenirshop schräg gegenüber.«

»Und sie wäre sicherlich eine der Ersten, die ein Freudenfest veranstalten würde, wenn Fenja ihren Laden ganz dichtgemacht hätte«, ergänzte Carolin düster.

Suna sah die beiden interessiert an. »Wieso das?«

»Ach, das ist nichts Ernstes«, gab Fenja, die sich inzwischen wieder beruhigt hatte, mit einer wegwerfenden Handbewegung zurück. »Ihr Laden läuft nicht besonders gut und sie gibt mir die Schuld daran. Sie glaubt, ich würde ihr sämtliche Kunden vor der Nase wegschnappen, was natürlich totaler Schwachsinn ist.«

»Sie hat eben ein echt beschissenes Sortiment, und das noch zu absoluten Wucherpreisen«, warf Carolin ein, was ihr einen strafenden Blick ihrer Chefin einbrachte. »Stimmt doch«, rechtfertigte sie sich achselzuckend.

»Wie auch immer. Jedenfalls hat sie in den letzten Wochen überall herumerzählt, wie toll ihr Laden läuft, seitdem das Hynsteblom geschlossen ist«, berichtete Fenja weiter. »Dementsprechend wenig begeistert war sie, als sie von der Wiedereröffnung gehört hat.«

In diesem Moment ertönte wieder die Türglocke. Gleich vier Leute – ein Mann und drei Frauen im Rentenalter – betraten das Geschäft und kamen strahlend auf Fenja zu.

Suna verzog sich inzwischen klammheimlich ins Hinterzimmer.

Sie hatte eigentlich geplant, eine Liste der Besucher des ersten Tages anzufertigen und darauf Besonderheiten zu vermerken, die ihr in den geführten Gesprächen aufgefallen waren. Doch als schon nach etwa einer Viertelstunde mehr als ein Dutzend Einheimische angeregt plaudernd im Hynsteblom standen und sich kräftig an den Häppchen und dem Prosecco bedienten, gab sie entnervt auf. Die Wiedereröffnung von Fenjas Laden schien eine willkommene Abwechslung im tristen Februar zu sein. Dabei war die Atmosphäre auffallend freundlich und harmonisch. Die meisten Besucher freuten sich offensichtlich wirklich, dass Fenja wieder arbeiten konnte – oder sie waren fantastische Schauspieler, dachte Suna grimmig.

Als Fenja wie geplant den Laden am frühen Nachmittag schloss – sie hatte für die ersten Tage die Öffnungszeiten reduziert – brummte Suna der Kopf vom stundenlangen Lauschen. Viel gebracht hatte es allerdings nicht. Nur drei Namen waren auf ihrer Liste der Personen notiert, mit denen sie noch einmal in Ruhe sprechen wollte: Claudia Kronholz, die Besitzerin des Souvenirshops schräg gegenüber, Holger Asmussen, Marks ehemaliger Chef, der Fenja auffallend kühl und distanziert gratuliert hatte, und Jeremias Berger. Aus seinen Äußerungen hatte Suna geschlossen, dass er vorher noch nicht in dem Laden gewesen war. Das kam ihr merkwürdig vor, da der Ton zwischen ihm, Carolin und Fenja sich sehr freundschaftlich angehört hatte. Sie fragte Fenja danach.

»Das stimmt«, nickte diese. »Jeremias ist erst seit ein paar Wochen auf Sylt. Er studiert Biologie und macht momentan ein Praktikum drüben an der Schutzstation Wattenmeer. Carolin und ich haben ihn im Irish Pub kennengelernt.«

»Wissen Sie noch, wann das war?«, erkundigte sich Suna.

Fenja überlegte kurz. »Ich glaube, das muss Anfang Januar gewesen sein. Ja, genau, kurz nach Sylvester. Da war er gerade neu in Westerland und hat wohl ein bisschen Anschluss gesucht. Seitdem haben wir uns ein paar Mal getroffen. Er ist echt ein netter Typ.«

Suna nickte lächelnd, nahm sich aber vor, am nächsten Tag der Schutzstation und Jeremias einen Besuch abzustatten. Dass Jeremias Berger Fenja und Carolin ausgerechnet so kurz nach Marks Tod angesprochen hatte, kam ihr merkwürdig vor, auch wenn es natürlich purer Zufall sein konnte.

*

Zur gleichen Zeit blieb Daniel Lemarchant in Hamburg unentschlossen vor der Bürotür aus satiniertem Glas stehen. Schon auf dem Weg dorthin hatten ihn leise Zweifel an seinem Vorhaben beschlichen. Er hatte sie energisch zu verdrängen versucht, aber inzwischen ließen sie sich nicht mehr ignorieren. Wenn er diese Grenze überschritt, gab es kein zurück mehr.

*Peter Lobinski, Private Ermittlungen* stand in geradlinigen Druckbuchstaben auf der Tür. Noch einmal zögerte Daniel, dann atmete er tief durch und drückte die Klinke herunter.

Er betrat ein mittelgroßes, sehr aufgeräumt wirkendes Büro mit großen Fenstern und hellgrauen Möbeln. Vor der Fensterfront stand ein Tisch mit mehreren Stühlen, im hinteren Teil des Raums befand sich ein großer Schreibtisch, an dem ein Mann saß und telefonierte. Er hob den Zeigefinger zum Zeichen, dass er seinen Besucher bemerkt hatte und er einen Moment warten sollte.

Daniel blieb in der Nähe der Tür stehen und musterte den Mann eingehend. Er war schätzungsweise Mitte bis Ende vierzig, und mit seiner unauffälligen Brille, der Halbglatze und der durchschnittlichen Figur ein eher unscheinbarer, aber ganz sympathisch wirkender Typ.

»Ja, ist in Ordnung«, sagte er jetzt ins Telefon. »Ich schicke Ihnen die Abschlussrechnung mit dem Bericht zu. Und wenn Sie irgendwann mal wieder ein Problem haben, bei dem Sie Hilfe brauchen, können Sie sich gern an mich wenden.« Dann legte er auf, erhob sich von seinem Stuhl und kam auf Daniel zu.

»Ich bin Peter Lobinski.« Er streckte ihm die Hand hin. »Was kann ich für Sie tun?«

»Guten Tag, Herr Lobinski«, Daniel ergriff die Hand des Privatdetektivs und erwiderte dessen freundliches Lächeln. »Mein Name ist Daniel Lemarchant. Wir haben gestern miteinander telefoniert.«

»Sicher, ich erinnere mich. Sie kommen aus der Schweiz, richtig?«

Daniel nickte. »Aus Lausanne«, antwortete er, während er Lobinskis auffordernder Geste folgte und auf einem der Stühle am Fenster Platz nahm.

Der Privatdetektiv setzte sich ihm gegenüber ebenfalls an den Tisch. »Also, wie kann ich Ihnen behilflich sein?«, fragte er.

»Nun, es handelt sich um eine etwas heikle Angelegenheit«, begann Daniel zögernd. »Ich muss mich dabei hundertprozentig auf Ihre Diskretion verlassen können.«

»Das können Sie. Diskretion hat bei mir oberste Priorität. Alles, was Sie mir erzählen, wird von mir absolut vertraulich behandelt, egal, ob es zu einem Auftrag kommt oder nicht. Und da gibt es auch keine Ausnahmen.«

»Gut.« Daniel atmete erleichtert auf. Der Mann klang vertrauenswürdig. Zudem war er ihm von einem seiner besten Freunde empfohlen worden, der schon mit ihm zusammengearbeitet hatte. Dieser war davon überzeugt gewesen, dass Lobinski absolut zuverlässig war. »Es ist eine etwas längere Geschichte. Ich hoffe, Sie haben ein paar Minuten Zeit für mich.«

»Solange Sie wollen. Schießen Sie los.«

»Wie gesagt komme ich aus Lausanne«, fing Daniel immer noch zögerlich an zu berichten. »Meiner Familie gehört eine Privatbank, die schon seit mehreren

Generationen existiert und in der Wirtschaft wie bei
Privatleuten inzwischen einen hervorragenden Ruf genießt. Um es auf den Punkt zu bringen – meine Familie ist
sehr wohlhabend. Leider bringt Geld nicht immer nur
Vorteile mit sich, sondern auch gewisse Gefahren. Viele
reiche Menschen leben wie in einem goldenen Käfig, weil
sie ständig Angst vor Kriminellen haben, wie Sie sicher
wissen. Nun, in unserer Familie war das ganz anders.
Meine Eltern lebten völlig normal, und mein Bruder und
ich konnten spielen und draußen herumtoben wie alle
anderen Kinder auch. Es gab Regeln, die wir einhalten
mussten, sonst hatten wir aber alle Freiheiten. Zumindest
bis zu diesem Tag vor fünfzehn Jahren.«

»Was ist passiert?«, fragte Lobinski leise, als Daniel
nicht weitersprach.

»Ich war mit meinem Bruder Sébastien draußen im
Wald. Ich war damals sechzehn, er erst neun, und er ist
mir häufig ganz schön auf die Nerven gegangen, weil er
immer mit mir mitkommen wollte. Aber eigentlich
mochte ich ihn sehr gern, und er hat natürlich voller Stolz
zu seinem großen Bruder aufgesehen. Manchmal habe ich
mir dann auch Zeit für ihn genommen, wenn ich gerade
nichts Besseres vorhatte. So wie an diesem Tag.«

Er presste kurz die Lippen aufeinander und senkte die
Stimme, als er weitersprach. »Unser Haus lag am Rand
von Lausanne, in der Nähe eines kleinen Sees. Das Ufer
war von dieser Seite aus kaum zugänglich, man konnte es
eigentlich nur von unserem Grundstück aus erreichen.
Deshalb konnten wir da immer ganz ungestört machen,
was wir wollten. Wir waren gerade dabei, ein Floß zu
bauen, als plötzlich die Männer kamen. Sie waren zu viert

und trugen schwarze Kleidung und Skimasken. Sofort, als ich sie gesehen habe, wusste ich, dass etwas sehr Schlimmes auf uns zukommen würde. Ich schrie Sébastien noch zu, er solle wegrennen, aber er hatte solche Angst, dass er wie in Schockstarre stehen blieb. Einer der Männer schnappte ihn, hielt ihm mit einer Hand ein Tuch vor den Mund und trug ihn weg, als würde er fast nichts wiegen.«

»Und was war mit Ihnen?«, hakte Lobinski nach.

Daniel grinste freudlos. »Ich hatte Glück. Mich schlugen die Kerle nur nieder, knebelten mich und fesselten mich an einen Baum. Meine Eltern fanden mich ein paar Stunden später. Die Entführer hatten sie angerufen und Lösegeld von ihnen gefordert, fünf Millionen Franken. Sollten meine Eltern die Polizei benachrichtigen, wollten sie Sébastien sofort töten. Dabei hatten sie auch gesagt, wo meine Eltern mich finden würden. Natürlich wollte mein Vater sofort die Polizei einschalten, doch meine Mutter war dagegen. Sie war fest davon überzeugt, dass die Entführer meinem Bruder etwas antun würden, wenn sie sich nicht strikt an ihre Anweisungen halten würden. Und sie hat sich durchgesetzt.«

Lobinski kniff die Augen zusammen. »Haben Ihre Eltern das Lösegeld bezahlt?«

»Ja«, erwiderte Daniel knapp. Er fuhr sich mit der Hand durch die blonden Haare. »Leider ohne Erfolg. Sébastien ist nie wieder aufgetaucht. Niemand weiß, was mit ihm passiert ist. Natürlich hat die Polizei ermittelt und auch einige Spuren verfolgt, aber alle liefen ins Leere. Meine Eltern und ich haben noch monatelang gehofft und gebangt, aber irgendwann mussten wir doch einsehen, dass wir ihn wohl niemals wiedersehen werden.«

»Aber jetzt ist irgendetwas passiert, was die Sache in einem neuen Licht erscheinen lässt«, vermutete Lobinski. Als er sah, dass sein Besucher erstaunt die Augenbrauen hochzog, grinste er. »Sonst wären sie doch nicht hier, oder?«

»Richtig«, gab Daniel zu. Auch ihm gelang ein flüchtiges Grinsen. »Natürlich hat mir die Sache die ganzen Jahre über keine Ruhe gelassen. Aber vor drei Monaten habe ich mich entschlossen, einen letzten Versuch zu wagen. Ich bin mit einem Suchaufruf an die Medien gegangen, habe eine Homepage mit Bildern von meinem Bruder erstellen lassen, Zeitungs- und Fernsehinterviews gegeben und Suchanzeigen geschaltet, sogar auf Facebook. Allerdings habe ich mit Absicht keine Belohnung ausgesetzt. Ich wollte nicht von irgendwelchen Geldgeiern mit angeblichen Hinweisen zugeschüttet werden. Stattdessen habe ich nur an das Mitgefühl der Leute appelliert. Ich hatte die Hoffnung, dass Sébastien vielleicht doch noch am Leben ist und sich bei mir meldet, oder dass ihn irgendjemand erkennt und mit mir Kontakt aufnimmt.«

»Und das ist auch passiert?«

Daniel schüttelte den Kopf. »Nicht direkt. Es haben sich zwar ein paar Leute gemeldet, die der Meinung waren, ihn irgendwo gesehen zu haben, aber es war keine wirklich heiße Spur dabei. Doch dann hat plötzlich ein Privatdetektiv aus Westerland namens Konstantin Gramser Kontakt zu meinen Eltern aufgenommen. Er hat berichtet, bei der Suche nach einem vermissten Mädchen hätten sie letztes Jahr im Sommer Fotos von ein paar jungen Leuten gemacht, die sich auf Sylt aufgehalten haben. Und irgendwann wäre ihm dann aufgefallen, dass es sich bei einem der jungen Männer um Sébastien handeln könnte. Angeblich soll er sich jetzt Lukas nennen. Als Gramser weiter nachforschen wollte, war die Gruppe aber schon weitergezogen.«

»Und er wollte von Ihren Eltern den Auftrag, nach dem jungen Mann zu suchen, den er für Ihren Bruder hält«, folgerte Lobinski.

Daniel verzog das Gesicht und nickte. »Genau so ist es. Meine Mutter war vor Aufregung ganz aus dem Häuschen, als sie die Bilder gesehen hat. Sie hat natürlich sofort Hoffnung geschöpft, dass Sébastien doch noch am Leben sein könnte. Dabei hat sie keinen Einwand und keine Mahnung zur Vorsicht gelten lassen. Mein Vater war da schon etwas skeptischer. Aber natürlich hat er schließlich doch wieder nachgegeben und Gramser hat den Auftrag bekommen.«

Lobinski lehnte sich auf seinem Stuhl zurück und musterte Daniel nachdenklich. »Und was meinen Sie?«, fragte er schließlich. »War das auf den Bildern Ihr Bruder?«

»Ganz ehrlich? Ich weiß es nicht. Ich habe ja selbst für die Suche Fotos erstellen lassen, wie Sébastien heute wahrscheinlich aussehen würde, und die Ähnlichkeit ist schon frappierend. Genau so würde ich mir meinen Bruder heute vorstellen. Aber es ist immerhin fünfzehn Jahre her, dass er verschwunden ist, und damals war er ja noch ein Kind. Wer weiß schon wirklich, wie er heute aussieht?«

Daniel zuckte die Achseln und schüttelte ratlos den Kopf. »Natürlich hoffe ich mehr als alles andere, dass mein Bruder noch lebt, aber eigentlich bin ich mir fast sicher, dass er damals bei der Entführung umgekommen ist. Sonst hätte er sich doch garantiert irgendwann bei uns gemeldet. Dass er jahrelang irgendwo lebt, ohne zu seiner Familie Kontakt aufzunehmen, kann ich mir nicht vorstellen. Ich fürchte, die Ähnlichkeit zwischen dem Mann auf dem Foto und Sébastien war einfach nur Zufall. Aber natürlich möchte ich Gewissheit haben.«

Lobinski dachte einen Augenblick lang nach. »Sie sagten eben, Ihre Eltern hätten Gramser den Auftrag erteilt, den jungen Mann zu suchen. Das bedeutet doch wohl, dass er ihn noch nicht gefunden hat.«

»Nun, in gewisser Weise hat er ihn schon gefunden«, schränkte Daniel ein. »Zumindest behauptet er das. Er hat wochenlang mit seinen Leuten nach ihm gesucht, was allein schon ein Heidengeld verschlungen hat. Vor ein paar Tagen kam er dann plötzlich mit der sensationellen Mitteilung, sie hätten den Mann gefunden und wären inzwischen sicher, dass es sich tatsächlich um Sébastien handelt. Er hätte sich aber inzwischen einer obskuren Religionsgemeinschaft angeschlossen, irgendeiner Sekte, die sich *Söhne der Erde* nennt und in Norwegen unter strenger Bewachung auf einer kleinen, abgeschiedenen Insel lebt.«

»Norwegen?« Lobinski runzelte ungläubig die Stirn.

»Norwegen«, bestätigte Daniel und lachte kurz auf. »Ja, meine Reaktion, als ich davon gehört habe, war ganz ähnlich. Aber inzwischen bin ich eher wütend. Ich glaube nämlich, dass Gramser meine Eltern einfach nur über den

Tisch zieht. Angeblich braucht er jetzt noch einmal eine Menge Geld von ihnen, um meinen Bruder aus der Hand dieser Sekte zu befreien, und ich bin mir sicher, dass dieser Befreiungsversuch irgendwie scheitern wird. Dann wird er sich etwas Neues einfallen lassen, um meinen Eltern das Geld aus der Tasche zu ziehen. Ich habe ihnen jedenfalls geraten, sofort die Polizei einzuschalten, aber meine Mutter will das auf keinen Fall, weil Gramser ihr und meinem Vater dringend davon abgeraten hat. Er hat ihnen regelrecht gedroht, dass die Sekte Sébastien wahrscheinlich sofort ins Ausland schaffen würde, wenn Polizisten an ihrem Quartier auftauchen.«

Lobinski lehnte sich auf seinem Stuhl etwas vor und legte die Fingerspitzen aneinander. »Nun, so ganz von der Hand zu weisen ist dieser Einwand natürlich nicht. Trotzdem würde ich der ganzen Sache auch mit einer ordentlichen Portion Skepsis begegnen. Es gibt leider schon einige schwarze Schafe in meinem Berufsstand.«

Er holte einmal tief Luft und sah Daniel fragend an. »Welche Rolle haben Sie mir denn bei der Geschichte zugedacht? Soll ich selbst in Norwegen nach Ihrem Bruder suchen, oder soll ich mich an Gramser dranhängen und herausfinden, ob er ehrlich arbeitet?«

»Ich will einfach nur die Wahrheit wissen«, gab Daniel mit fester Stimme zurück. »Wie genau Sie das handhaben, können Sie selbst entscheiden. Die Polizei kann ich nicht einschalten, das würde meine Mutter mir nie verzeihen. Deshalb verlasse ich mich ganz auf Sie. Zeit und Geld spielen keine Rolle, allerdings erwarte ich, wenn Sie den Auftrag annehmen, dass Sie in nächster Zeit ausschließlich für mich arbeiten.«

»Das wäre bei so einer Mammutaufgabe wohl auch kaum anders möglich«, grinste Lobinski. »Sie müssen wissen, dass ich ausschließlich allein arbeite. Das bedeutet natürlich auch, dass alles an mir hängen bleibt. Da reicht es manchmal kaum, dass ein Tag vierundzwanzig Stunden hat. Und meine Möglichkeiten sind dementsprechend etwas eingeschränkt.«

»Das macht mir nichts aus. Wichtig ist nur, dass ich mich auf Sie und Ihre Diskretion verlassen kann.« Daniel sah den Privatermittler fragend an. »Also, wie sieht es aus? Trauen Sie sich den Auftrag zu?«

Dieser überlegte eine Weile, dann nickte er. »Ich denke, ich werde auf jeden Fall Licht ins Dunkel bringen können. Von mir aus geht die Sache in Ordnung.«

»Dann sind wir uns ja einig.« Daniel ergriff Lobinskis ausgestreckte Hand und schüttelte sie, bevor er seinen Aktenkoffer auf den Tisch legte und öffnete. »Ich habe Ihnen sämtliche Unterlagen über den Fall mitgebracht, die ich bekommen konnte. Es sind auch Abzüge der Fotos dabei, die Gramser gemacht hat, ein paar von der Gruppe am Strand von Westerland und eine Großaufnahme, auf der Sébastien ganz allein zu sehen ist, vorausgesetzt, er ist es wirklich. Ich hoffe, die Sachen helfen Ihnen weiter.«

»Na, da habe ich ja ordentlich Hausaufgaben zu machen«, bemerkte Lobinski, während er den Stapel Unterlagen zu sich heranzog.

Plötzlich schien ihm noch etwas einzufallen. Er blickte auf. »Gab es eigentlich einen konkreten Anlass, warum Sie die Suche nach der langen Zeit wieder intensiviert haben?«

»Sie meinen außer der Ungewissheit, mit der es sich nicht allzu gut leben lässt?«, gab Daniel mit einem Anflug von Sarkasmus zurück. Dann wurde er aber wieder ernst. »Ja, den gab es durchaus«, erklärte er in bestimmtem Tonfall. »Sébastien würde im nächsten Monat fünfundzwanzig Jahre alt werden. Und an diesem Tag steht ihm die Ausschüttung eines Treuhandfonds zu, den unsere Großeltern für ihn eingerichtet haben, genauso wie damals für mich. Sollten wir bis dahin keine Beweise dafür gefunden haben, dass er noch am Leben ist, würden meine Eltern ihn für tot erklären lassen.«

»Ich nehme an, es handelt sich um eine nicht unbeträchtliche Summe«, warf Lobinski ein.

Daniel nickte. »Eine Million Franken.«

»Wow!« Lobinski pfiff anerkennend durch die Zähne. »Das lohnt sich. Nur mal so aus Neugierde, an wen geht das Geld, wenn Ihr Bruder nicht mehr auftaucht?«

Daniel sah ihn kühl an. »Können Sie sich das nicht denken? Dann geht das Geld an mich.«

## Mittwoch, 13. Februar

Ein durchdringendes Piepen riss Suna aus dem Tiefschlaf. Beinahe automatisch brachte sie den Wecker zum Schweigen und sah sich dann desorientiert um. Sie brauchte einen Augenblick, um sich zu erinnern, dass sie sich nicht zu Hause in ihrem Apartment, sondern auf Sylt befand.

Fünf Uhr zeigte die Leuchtanzeige der Uhr an. Suna stöhnte gequält auf. Normalerweise liebte sie ihren Beruf, aber in Momenten wie diesem war er ihr zutiefst verhasst. Sie war nun einmal ein unverbesserlicher Morgenmuffel. Trotzdem zwang sie sich, das warme Bett zu verlassen.

Noch fast im Halbschlaf zog sie sich die Sachen an, die sie am Vorabend rausgelegt hatte, und verließ leise die Wohnung. Um diese Zeit war die Strandstraße komplett verwaist. Nur in einem Fenster ein paar Häuser weiter sah Suna den schwachen Schimmer einer Lampe.

Genau wie geplant, dachte sie und zog den Schlüssel zum Hynsteblom aus der Tasche, den Fenja ihr am Vorabend gegeben hatte. Als sie die Tür des Ladens öffnete, stellte sie zufrieden fest, dass die Türglocke wie verabredet ausgestellt war. Mit einem Anflug von Neid dachte sie an Fenja, die ein Stockwerk über ihr friedlich schlummerte.

Andererseits – tauschen wollte sie mit ihr bestimmt nicht. Am Abend hatten Fenja, Carolin und sie noch eine Weile zusammengesessen und bei einem Glas Wein die erfolgreiche Wiedereröffnung des Hynsteblom gefeiert.

Dabei war Suna noch einmal bewusst geworden, wie sehr die Unsicherheit über das Geschehene ihre Auftraggeberin belastete. Direkt, nachdem das Verfahren gegen sie eingestellt worden war, hatte sie einen Flug nach Fuerteventura gebucht und war zu ihren Eltern geflüchtet, die auf der Kanareninsel ihren Ruhestand genossen. Erst eine Woche, bevor sie Suna beauftragt hatte, war sie nach Sylt zurückgekehrt.

»Ich habe schon das Weihnachtsgeschäft verpasst. Wenn nicht langsam wieder ein paar Euro reinkommen, kann ich den Laden ganz dichtmachen«, hatte sie erklärt. »Zum Glück findet jedes Jahr Ende Februar das traditionelle Biikebrennen statt. Das lockt immer ein paar Touristen auf die Insel, die hoffentlich in Kauflaune sind. Wäre dieser ganze finanzielle Mist nicht, hätte ich noch min-destens bis Ostern pausiert.« Dabei hatte ihre Stimme so matt und kraftlos geklungen, dass Carolin sie tröstend in den Arm genommen hatte.

Hoffentlich kann ich ihr helfen, dachte Suna zum wiederholten Mal, als sie den Stuhl, den Fenja für sie bereitgestellt hatte, nach draußen auf die Straße trug. Sie platzierte ihn direkt unter dem alten Straßenbaum und stieg auf die Sitzfläche. Wenn sie sich ein bisschen streckte, konnte sie die unteren Äste der Baumkrone erreichen. Im schwachen Mondlicht konnte sie nicht viel erkennen, doch es reichte aus, um die kleine drahtlose Kamera, die sie am Abend noch aus ihrem Wagen geholt hatte, in einer Astgabelung zu befestigen. Die Linse richtete sie direkt auf die Front des Hynsteblom.

Plötzlich stutzte sie. War da nicht eine Bewegung gewesen?

Sie fuhr herum und suchte die Umgebung mit den Augen ab. Sie war sich ganz sicher gewesen, aus den Augenwinkeln einen Schatten gesehen zu haben, aber jetzt konnte sie nichts entdecken. Wahrscheinlich ist es nur Einbildung gewesen, sagte sie sich selbst, oder eine Katze auf Mäusejagd.

Es wäre natürlich zu blöd, wenn ausgerechnet der unbekannte Schmierfink sie bei der Installation der Kamera gesehen hätte, fuhr es ihr durch den Kopf. Dann wäre er bestimmt nicht so dumm, sich bei weiteren Aktionen erwischen zu lassen.

Aber auch wenn nur ein übereifriger Nachbar, der um diese Zeit schon wach war, sie beim Befestigen der Kamera gesehen hatte und die Polizei rief, wäre das lästig genug. Streng genommen durfte sie den öffentlichen Bereich vor dem Hynsteblom nämlich nicht per Video überwachen.

Einen Moment wartete sie, bis sich ihr Puls wieder etwas beruhigt hatte, dann überprüfte sie noch einmal den richtigen Sitz der Kamera. Als sie sicher war, dass alles gut hielt und die Kamera sowohl die Eingangstür als auch die Schaufensterscheibe des Ladens filmte, stieg sie vom Stuhl und trug ihn ins Hynsteblom zurück. Dabei sah sie sich immer wieder nach allen Seiten um, aber sie konnte niemanden entdecken, der sie beobachtete.

Beim Abschließen der Tür nahm Suna noch die Tageszeitung mit, ein Exemplar des *Sylter Tageblatts*, das der Zeitungsbote in den Türgriff geklemmt hatte. Wahrscheinlich würde sie ohnehin nicht mehr einschlafen können. Da konnte sie die Zeit auch nutzen, um sich zu informieren, was auf der Insel gerade Gesprächsthema war.

Nachdem sie sich eine große Tasse Milchkaffee gemacht hatte, setzte sie sich an den Küchentisch und begann, die Zeitung durchzublättern. Die meisten Artikel des Lokalteils drehten sich um Kommunalpolitik. Die jährlichen Kosten für die Sandvorspülung wurden genauso diskutiert wie das Sommerprogramm der Westerländer Musikmuschel. Suna blätterte gelangweilt weiter.

Doch plötzlich stutzte sie und blätterte eine Seite zurück. Irgendwo war ihr Blick hängen geblieben. Sie meinte, den Namen Fenja Sangaard gelesen zu haben. Sie suchte die Seite mit den Anzeigen ab. Als sie endlich fündig wurde, hielt sie schockiert den Atem an.

Sie überlegte, ob es eine Möglichkeit gab, Fenja die Zeitung vorzuenthalten, aber sie wusste, dass das nicht möglich war. Selbst wenn Fenja es nicht selbst las, würde es sicher nicht lange dauern, bis ein Kunde sie darauf ansprechen würde, und das war wahrscheinlich noch viel schlimmer.

Suna seufzte. Wie sie es auch drehte und wendete, es gab keine andere Möglichkeit: Es kam eine unangenehme Aufgabe auf sie zu.

*

Um halb sieben sah Suna vom Küchenfenster aus, dass in Fenjas Wohnung das Licht anging. Eine knappe Stunde später schnappte sie sich die Schlüssel und ihre Jacke und ging hinüber zum Hynsteblom. Obwohl sie von der Aktion mit der Kamera noch den Schlüssel der Ladentür in ihrer

Tasche hatte, schloss sie nicht auf, sondern drückte auf die Klingel von Fenjas Privatwohnung. Sie wollte ihre Klientin nicht unnötig erschrecken, indem sie plötzlich an ihrer Wohnungstür auftauchte.

Es dauerte nicht lange, bis Fenja auf der Treppe nach unten erschien. Mit einem freudigen Lächeln kam sie auf Suna zu und schloss die Tür auf.

»Du bist aber früh dran heute«, sagte sie zur Begrüßung. »Komm doch rein. Ich habe gerade den Kaffee fertig. Du magst doch sicherlich eine Tasse?«

»Oh danke, aber lieber nicht«, winkte Suna grinsend ab. »Ich hatte heute Morgen schon zwei Tassen. Noch eine mehr, und ich tanze nachher für deine Kunden Hula.«

Am Abend zuvor, nach dem dritten oder vierten Glas Wein, hatten die beiden und Carolin beschlossen, vom doch recht förmlichen Siezen zum etwas persönlicheren »Du« überzugehen. Wenn sie die nächsten Tage so viel Zeit zusammen verbrachten, erschien ihnen das angenehmer.

Dabei hatte Suna wieder den Eindruck gehabt, dass Carolin mit ihrer Anwesenheit überhaupt nicht einverstanden war. Nur zögerlich hatte sie angefangen, Suna beim Vornamen zu nennen. Der Privatdetektivin war es so vorgekommen, als hätte Carolin das Gefühl gehabt, sie dadurch näher an sich heranlassen zu müssen. Aber vielleicht täuschte das auch.

Fenja lachte. »Hula? Keine schlechte Idee. Das wäre dann bestimmt die Hauptattraktion der Insel. Vielleicht sollten wir das wirklich mal ausprobieren.« Als sie Sunas Blick sah, wurde sie aber sofort wieder ernst. »Ist alles in Ordnung?«, erkundigte sie sich zaghaft.

»Nicht wirklich.« Suna schluckte schwer. »Ich habe mir vorhin deine Zeitung mitgenommen, und da habe ich etwas entdeckt, was du unbedingt sehen solltest.«

Sie legte die Zeitung auf den Verkaufstresen und blätterte an die Stelle, die sie vorher so schockiert hatte. Mit dem Zeigefinger tippte sie auf eine Anzeige am linken unteren Rand der Seite, die mit einem doppelten schwarzen Strich umrahmt war. Der Text lautete:

*Viel zu jung!*
*Wir trauern um unsere liebe Freundin*
*Fenja Sangaard,*
*die plötzlich und unerwartet*
*aus dem Leben gerissen wurde.*
*Wir werden dich niemals vergessen!*
*Deine Freunde*

Daneben war als Todesdatum der 30. November angegeben, der Tag, an dem Mark Sennemann gestorben war.

Suna beobachtete, wie ihre Auftraggeberin leichenblass wurde, als sie die wenigen Zeilen las. Mit den Händen suchte sie unsicher am Tresen Halt. Anscheinend ging sie die Worte immer wieder durch, denn es dauerte eine ganze Weile, bis sie mit vor Schreck weit aufgerissenen Augen aufblickte.

»Wer – wer macht denn so was?«, stammelte sie fassungslos.

Suna presste entschlossen die Lippen aufeinander. »Ich denke, das sollten wir unbedingt herausfinden. Irgendjemand treibt hier ein ganz mieses Spiel mit dir, und dagegen werden wir etwas unternehmen, das verspreche ich dir.«

Fenja nickte geistesabwesend. Ihr Blick huschte immer wieder zu der Anzeige zurück, als würde sie ihn magisch anziehen.

Suna wurde durch Carolin abgelenkt, die in diesem Moment die Ladentür aufschloss.

»Ihr habt es schon gesehen«, stellte sie mit mühsamer Beherrschung in der Stimme fest, als sie Suna und Fenja über der aufgeschlagenen Zeitung sah. Sie bebte vor Wut. »Ich habe es echt nicht geglaubt, als ich heute Morgen die Anzeige gelesen habe. Ich frage mich, was für ein niederträchtiges Schwein dahintersteckt. So eine verdammte Unverschämtheit! Ich könnte den Kerl umbringen!«

»Schon gut.« Fenja legte ihrer Freundin beruhigend die Hand auf den Arm und versuchte zu lächeln. Der Zorn ihrer Freundin schien ihr geholfen haben, ihre Fassung wiederzugewinnen. »So schlimm ist das nicht, ich komme damit klar.«

»Nein.« Diesmal war es Suna, die energisch widersprach. »Ich finde, Carolin hat recht. Das geht eindeutig zu weit. Wenn es dir recht ist, versuche ich heute als Erstes herauszufinden, wer die Anzeige aufgegeben hat. Telefonisch wird sich da nicht viel machen lassen. Am besten fahre ich gleich nachher zum Sylter Tageblatt und spreche mit jemandem aus der entsprechenden Abteilung.«

Als Fenja zaghaft nickte, blätterte Suna zum Impressum der Zeitung vor.

»So ein Mist«, rutschte es ihr heraus, »die sitzen auf dem Festland, in Flensburg. Das heißt, ich werde eine ganze Weile unterwegs sein.«

\*

Tatsächlich war es schon beinahe elf Uhr, als Suna endlich die ganz in Chrom und Glas gehaltene Schalterhalle des Zeitungsverlags in Flensburg betrat.

Da sie nicht wieder mit dem ziemlich teuren Autozug fahren und die Spesenrechnung für Fenja in die Höhe treiben wollte, hatte sie beschlossen, auf ihren Wagen zu verzichten und stattdessen einen ganz normalen Zug zu nehmen. Schon fünf Minuten nach der Abfahrt in Westerland hatte sie diese Entscheidung allerdings bitter bereut, da ihre Sitznachbarin, eine auf den ersten Blick sehr nette ältere Dame, sie als Gesprächspartnerin auserkoren hatte. Während der gesamten Fahrt nach Flensburg hatte sie von ihren Enkelkindern geschwärmt, Fotos vorgezeigt und selbst gemalte Bildchen vorgeführt. Zum Glück war es Suna gelungen, nach einigen Minuten einfach abzuschalten und den monotonen Singsang auszublenden. Ein in regelmäßigen Abständen angebrachtes zustimmendes Brummen hatte ausgereicht, die Frau bei Laune zu halten, während Suna ganz ihren Gedanken nachhängen konnte.

Dabei war ihr eingefallen, dass sie Fenja noch gar nicht nach den seltsamen Umständen von Marks Beerdigung gefragt hatte, die nicht seine Familie, sondern die Gemeinde organisiert hatte. Sie beschloss, das am Abend nachzuholen. Aber zuerst musste sie etwas über die Todesanzeige herausfinden.

Sie sah sich in der Schalterhalle um. Der Zeitungsverlag hatte neben dem Sylter Tageblatt noch einige andere Lokalzeitungen im Programm. Dabei war der überregionale Teil immer gleich, für die regionalen Bereiche gab es jeweils eigene Redaktionen. Die Anzeigen schienen auch zentral verwaltet zu werden.

Hinter dem hypermodernen Tresen, über dem ein Schild die Annahme von Anzeigen verkündete, saß eine schmächtige Rothaarige, starrte angestrengt auf ihren Monitor und kaute auf einem schon recht unansehnlichen Bleistift herum. Ein Messingschildchen an ihrer Bluse wies sie als *Katja Kafulke* aus.

»Moin«, grüßte Suna, als sie an den Schalter herantrat. Dabei setzte sie ihr gewinnendstes Lächeln auf. Die Rothaarige blickte auf, sagte aber nichts. Immerhin gelang es ihr, Sunas Lächeln ansatzweise zu erwidern. Suna unterdrückte ein Seufzen. Das würde keine leichte Aufgabe werden.

Sie legte die aktuelle Zeitung, die sie mitgebracht hatte, vor sich auf die Tischplatte und schlug die Seite mit den Todesanzeigen auf. Dann drehte sie die Zeitung so, dass die andere sie mühelos lesen konnte. Mit dem Finger tippte sie auf die Todesanzeige mit Fenjas Namen.

»Ich bin wegen dieser Anzeige hier. Ich muss unbedingt wissen, wer sie aufgegeben hat. Es ist wirklich wichtig.«

Sofort verdüsterte sich die Miene der Rothaarigen. »Das geht nicht. Ich darf keine Daten herausgeben. Sie wissen schon, Datenschutz und so.«

»Ich weiß, dass so etwas normalerweise nicht üblich ist. Aber die Frau, die angeblich gestorben sein soll, ist meine Freundin. Sie ist außerordentlich lebendig und nicht gerade begeistert über die Anzeige. Deshalb möchte

sie natürlich wissen, wer für diesen üblen Scherz verantwortlich ist. Dafür haben Sie doch bestimmt Verständnis.«

Suna hatte versucht, noch ein bisschen mehr Charme
in ihre Stimme zu legen. Leider schien er bei der Frau
hinter dem Tresen aber nicht anzukommen.

»Ich darf wirklich nicht«, wiederholte sie und zog
einen Schmollmund wie ein kleines Kind.

Suna hatte inzwischen Schwierigkeiten, die Ruhe zu
bewahren. Sie holte einmal tief Luft und tippte mit den
Fingern ungeduldig auf den Tresen. »Hören Sie, wir
können das Ganze natürlich auch juristisch klären, und
ich bin mir ehrlich gesagt nicht sicher, ob dabei nicht auch
die Zeitung Probleme bekommt. Schließlich hat sie ihre
Aufsichtspflicht verletzt«, behauptete sie, obwohl es
wahrscheinlich nicht stimmte. Normalerweise sicherten
sich Zeitungen gegen falsche Inhalte in Anzeigen ab. Die
Verantwortung dafür lag allein beim Inserenten, und das
musste dieser auch unterschreiben. Eigentlich musste die
Frau das wissen, wenn sie in der Abteilung arbeitete.

Trotzdem zeigten Sunas Worte eine erste Wirkung. In
der Miene der Rothaarigen flackerte Unsicherheit auf, und
sie begann, nervös auf ihrer Unterlippe zu kauen.

»Stellen Sie sich vor, Sie würden morgen früh die
Todesanzeige Ihrer besten Freundin in der Zeitung finden, obwohl sie gar nicht gestorben ist. Wie würden Sie
beide sich wohl dann fühlen?«, bearbeitete Suna die Frau
weiter. Sie hoffte, dass sie überhaupt eine beste Freundin
hatte.

Der Blick der Rothaarigen huschte unruhig hin und
her. »Die Anzeige habe ich selbst aufgenommen«, stieß sie
schließlich gepresst hervor. »Ein Mann hat sie aufge-

geben. Ich weiß noch, dass er sie bar bezahlt hat, und er hat mir sehr leidgetan, weil doch seine Freundin so jung gestorben ist, die Ärmste!«

Suna widerstand nur mit einiger Kraftanstrengung der Versuchung, die Augen zu verdrehen. Offenbar hatte ihr Gegenüber immer noch nicht verstanden, worum es eigentlich ging. »Wissen Sie noch, wie der Mann aussah? War er jung, alt, dick, dünn oder irgendwie besonders?«

Die Rothaarige zuckte die Achseln. »Normal eben. Vielleicht zwanzig oder dreißig oder so.«

»Und die Haarfarbe?«, versuchte Suna es weiter. »War er blond oder dunkelhaarig? Oder hatte er vielleicht eine Glatze?«

»Eine Glatze? Nee, ich glaube nicht. Möglicherweise aber doch.« Die andere runzelte nachdenklich die Stirn, doch plötzlich hellte sich ihr Gesichtsausdruck auf. »Ich weiß noch, dass er eine Baseballkappe aufhatte!«, rief sie triumphierend.

»Eine besondere? Mit einem Logo darauf?«, erkundigte sich Suna interessiert. Das konnte zumindest ein Hinweis sein.

»Ich glaube sie war schwarz«, kam die unbefriedigende Antwort. »Vielleicht auch braun. Oder dunkelblau.«

»Okay.« Suna versuchte, sich ihre Enttäuschung nicht anmerken zu lassen. »Können Sie mir den Namen des Inserenten geben?«

Geduldig wartete sie ab, während die Rothaarige ihren Computer durchforstete. Sie machte sich nicht viele Hoffnungen, auf diesem Weg weiterzukommen. Wenn der Auftraggeber die Anzeige bar bezahlt hatte, war nicht davon auszugehen, dass er seinen richtigen Namen angegeben hatte. Trotzdem überkam sie ein nervöses Kribbeln, als die Mitarbeiterin der Zeitung wieder von ihrem Monitor aufblickte.

»Hier, ja, jetzt hab ich es«, erklärte sie stolz. »Der Name des Inserenten ist Mark Sennemann.«

*

In Hamburg saß Peter Lobinski schon seit Stunden an seinem Schreibtisch. Obwohl ihn eine innere Stimme davor gewarnt hatte, war er auf das Angebot von Daniel Lemarchant eingegangen und hatte einen Vertrag unterschrieben, Nachforschungen über dessen entführten Bruder Sébastien und den Privatdetektiv Konstantin Gramser anzustellen. Dabei sollte er bis auf Weiteres ausschließlich für ihn zu arbeiten.

Leider hatte er keine Möglichkeit, an die offiziellen Ermittlungsakten der Staatsanwaltschaft in der Schweiz heranzukommen, deshalb musste er sich mit den Informationen begnügen, die ihm sein Auftraggeber überlassen hatte. Hauptsächlich waren das Presseberichte. Die Entführung des Sohnes eines bekannten Bankiers war in der Schweiz eine Sensation gewesen, als sie ein paar Tage nach der Lösegeldübergabe bekannt geworden war.

Wenig begeistert hatte Lobinski festgestellt, dass schätzungsweise achtzig Prozent der Artikel auf Französisch verfasst und damit für ihn unlesbar waren. Er konnte auf Französisch nicht einmal einen Kaffee bestellen, geschweige denn einen Bericht über so einen komplizierten Sachverhalt wie eine Entführung verstehen. Für ihn war es ein Glück, dass der Fall landesweit für Aufsehen gesorgt hatte und deshalb auch in den deutschsprachigen Zeitungen ausführliche Artikel erschienen waren.

Ergänzend hatte er natürlich im Internet recherchiert und eine eigene Mappe zusammengestellt mit den Meldungen, die er über den Fall gefunden hatte. Es war nicht unbedingt so, dass er seinem Auftraggeber misstraute, aber es konnte auch nicht schaden, andere, unabhängige Informationsquellen zurate zu ziehen.

Nachdem er von dem Treuhandfonds erfahren hatte, der beim Tod von Sébastien auf dessen Bruder übergehen sollte, war er kurz auf den Gedanken gekommen, ob Daniel Lemarchant selbst mit der Entführung zu tun gehabt haben könnte. Er hatte ihn aber sehr schnell wieder verworfen. Einem Sechzehnjährigen traute er weder zu, so eine Aktion selbst zu planen, noch Profis aus dem kriminellen Milieu anzuheuern, die das für ihn erledigten. Und dass die Entführer professionell vorgegangen waren, ließ sich nicht leugnen.

Das begann mit der Überwältigung der Jungen in dem abgelegenen Waldstück und ging mit der sorgsam geplanten Lösegeldübergabe weiter. Obwohl diese in einem Café auf einem belebten Platz in Lausanne stattgefunden hatte, war es der Polizei hinterher nicht gelungen, Zeugen zu finden, die etwas Verdächtiges bemerkt hatten. Auch von dem Geld, das nicht markiert gewesen war, hatte sie keine Spur mehr auffinden können.

Aber irgendetwas musste dann doch schiefgegangen sein, überlegte Lobinski. Da alle Männer bei der Entführung Masken über den Gesichtern getragen hatten, ging er davon aus, dass sie dem Jungen nichts hatten antun wollten. Das war nachvollziehbar. Einen Neunjährigen gewaltsam zu entführen, erforderte schon eine Menge kriminelle Energie. Ihn jedoch kaltblütig umzubringen, dafür musste man schon absolut skrupellos sein.

Doch warum war Sébastien dann nicht freigelassen worden? Oder war er das vielleicht doch? Hatten die Entführer ihn an einem abgelegenen Ort laufen lassen, aber er war so traumatisiert gewesen, dass er nur hilflos umhergeirrt und schließlich umgekommen war?

Lobinski schüttelte den Kopf. Das war äußerst unwahrscheinlich, denn dann hätte man vermutlich irgendwann seine Leiche gefunden. Entweder hatten die Entführer den Jungen umgebracht und seine sterblichen Überreste an einem unauffindbaren Ort entsorgt, oder er hatte überlebt. Aber warum hatte man ihn in diesem Fall nicht gefunden?

Zum wiederholten Mal blickte der Privatdetektiv auf das Foto, das beinahe alle Zeitungen abgedruckt hatten. Es zeigte einen schlaksigen Jungen im Grundschulalter, dessen dunkelblonde Haare in alle Richtungen vom Kopf abstanden. Über der sommersprossigen Nase blickten blaugrüne Augen vorwitzig in die Kamera. Der Mund war zu einem Grinsen verzogen, das zwischen den Schneidezähnen eine ordentliche Zahnlücke offenbarte.

Lobinski fühlte einen schalen Geschmack im Mund. Er hatte in seiner langen Karriere erst bei der Polizei und dann als Privatermittler schon mit vielen Kriminellen zu tun gehabt. Für die meisten davon hatte er nicht allzu viel übrig gehabt, aber Kerle, die sich an Kindern vergriffen, waren ihm zutiefst zuwider.

Er zog das Bild von diesem angeblichen Lukas, das Gramser auf Sylt geschossen hatte, aus dem Stapel hervor und legte es direkt neben das größte Zeitungsfoto. Dann verglich er akribisch sämtliche Gesichtszüge miteinander: Augen, Nase, Mund, Kinnpartie und Haaransatz.

Er schüttelte den Kopf. Selbst wenn man ihn gefoltert hätte, er hätte schwören können, dass es sich um dasselbe Gesicht handelte. Es kam häufiger vor, dass manche Menschen sich ähnelten, aber meistens betraf das nur einzelne Partien des Gesichts. Dass bei zwei verschiedenen Personen zufällig so viele Ähnlichkeiten auftraten, erschien ihm äußerst unwahrscheinlich.

Er lehnte sich zurück und zündete sich eine Zigarette an. Ihm war klar, dass er in den vielen Stunden kaum weitergekommen war, aber immerhin war er jetzt ziemlich sicher, dass sein Auftraggeber ihm keine wichtigen Informationen vorenthalten hatte.

Was allerdings seine Meinung über Daniel Lemarchants Motivation für den Auftrag anging, war er immer noch hin- und hergerissen. Aber eigentlich war es ihm auch egal, ob der Kerl wirklich seinen Bruder finden oder nur dessen Tod beweisen wollte. Das Jagdfieber hatte Lobinski gepackt, und er würde nicht lockerlassen, bis er der Wahrheit auf die Spur gekommen war.

Er legte alle Unterlagen, die er über die Entführung hatte, auf einen Stapel und schob ihn beiseite.

Als Nächstes beschäftigte er sich mit der Sekte, der sich Sébastien angeblich angeschlossen hatte. Über die *Söhne der Erde* war allerdings nicht viel zu finden. Entweder waren sie nicht wichtig genug, dass sich jemand näher mit ihnen beschäftigte, oder sie verstanden eine

Menge von Geheimhaltung. Immerhin betrieben sie eine Facebook-Seite, auf der zwar weder eine Adresse noch ein Kontakt genannt wurden, aber zumindest die Grundsätze der Gemeinschaft: Sie lebten in kleinen Gruppen zusammen, wobei sich ihre Siedlungen in verschiedenen Klimazonen befanden. Neben der Gruppe auf der norwegischen Insel Kelkoya gab es auch Standorte in Thailand, Kanada, Argentinien und Vietnam. Ihr Leben ordneten sie vollständig den Gesetzen der Natur unter.

»Den Gesetzen der Natur? Was soll das nun wieder heißen?«, murmelte Lobinski grimmig. »Der Stärkere überlebt? Fressen und gefressen werden?« Er schüttelte frustriert den Kopf und griff wieder nach seinen Zigaretten. So kam er nicht weiter.

Ihm blieb also nur noch eine letzte Spur. Er nahm sich das Telefon, suchte aus seinem Adressbuch eine Nummer heraus und wählte. Es dauerte nur ein paar Sekunden, bis abgenommen wurde.

»Reisert«, drang eine heisere Stimme aus dem Lautsprecher.

»Hallo Jo, hier ist Peter Lobinski.«

»Hey Peter, das ist ja eine Überraschung. Wie geht es dir?«

Lobinski grinste. Er hatte schon eine ganze Weile keinen Kontakt mehr zu seinem alten Kumpel aus Flensburg gehabt, aber das schien ihm dieser nicht übel zu nehmen. »Gut, danke. Ich bräuchte dringend eine Info über einen Kollegen von uns auf Sylt. Das ist ja nicht allzu weit von dir entfernt, deshalb dachte ich, du könntest mir eventuell weiterhelfen.«

»Sylt?« Reisert schien zu überlegen. »Soweit ich weiß, gibt es da nur eine Detektei, und zwar die von Konstantin Gramser.«

»Genau um den geht es. Kennst du ihn?«

»Nur flüchtig. Was willst du wissen?«

Lobinski dachte einen Augenblick nach. Natürlich wollte er wissen, was man über Gramser so erzählte. Dabei wollte er aber weder den Eindruck entstehen lassen, dass Gramser Dreck am Stecken hatte, noch wollte er zu viel über seinen Fall verraten. »Weißt du, ob er seriös arbeitet?«, fragte er daher nur.

Reisert lachte. »Naja, bei den meisten unserer Kollegen ist das wohl eine Sache der Definition. Aber Spaß beiseite. Soweit ich weiß, ist Gramser mit der Beschattung untreuer Ehemänner und -frauen ganz gut zu Geld gekommen. Er hat ein ziemlich luxuriöses Bürogebäude in der Nähe von Westerland und mehrere Leute, die für ihn arbeiten. Aber man munkelt, dass er gern mal doppelt abkassiert, wenn du verstehst, was ich meine.«

Lobinski nickte. Er verstand sehr gut. Doppelt abzukassieren war zwar nicht okay, aber es war eine gute Masche, schnell an Geld zu kommen. Man nahm den Auftrag eines betuchten Klienten an, den vermeintlich untreuen Ehepartner zu beschatten, und wenn man diesen dann in flagranti erwischte, bot man der untreuen Partei an, den Mund zu halten und die Beweise gegen Zahlung einer nicht unansehnlichen Summe zu vernichten.

»Und was meinst du, ist da was dran?«

»Schwer zu sagen.« Reisert schien abzuwägen. »Ganz abwegig ist es nicht, so rasant, wie der Typ aufgestiegen ist. Andererseits weißt du ja selbst, wie schnell man den Neid der Konkurrenz auf sich zieht. Und wenn erst einmal Gerüchte im Umlauf sind, kann man da kaum noch gegensteuern.«

»Wohl wahr«, seufzte Lobinski. Er hatte selbst schon die leidige Erfahrung gemacht, wie schwer man einen schlechten Ruf wieder loswurde, und damals hatte ihn es fast seine Existenz gekostet. »Also hast du nichts Konkretes?«

»Leider nicht. Aber ich kann mich ja noch mal ein bisschen umhören, was die anderen Kollegen so aufgeschnappt haben. Sobald ich was höre, gebe ich dir Bescheid«, schlug Reiser vor.

Nachdem Lobinski sich bedankt und verabschiedet hatte, legte er auf.

Er dachte eine Weile nach, dann fasste er einen Entschluss. Wieder griff er zum Telefon.

»Hallo Katie, ich bin's, Peter. Ich brauche dringend deine Hilfe«, sagte er, nachdem sich die vertraute Stimme gemeldet hatte. Katie war eine langjährige Freundin von ihm und Inhaberin eines kleinen Reisebüros. »Ich muss nach Kristiansand in Norwegen. Kannst du mir so schnell wie möglich einen Flug und ein Quartier organisieren?«

Er lachte, als seine Gesprächspartnerin Einwände erhob. »Natürlich, ich weiß, dass es da um diese Jahreszeit schweinekalt ist. Ich fahre ja auch nicht zum Spaß dorthin.«

*

Suna starrte aus dem Fenster des Zuges nach Westerland, ohne etwas von der Landschaft wahrzunehmen. Das
Wetter hatte sich deutlich verschlechtert. Schwere graue
Wolken hingen am Himmel und es wehte ein scharfer
Wind. Doch Suna war viel zu sehr mit ihrem Fall beschäftigt, um sich über die Umgebung Gedanken machen
zu können.

Glücklicherweise war der Zug relativ leer, und sie
hatte einen Sitzplatz in einem Abteil erwischt, in dem nur
noch ein anderer Fahrgast saß. Der ältere Mann hatte den
Kopf in den Nacken gelegt und schnarchte leise vor sich
hin. Gegen das Geplapper der Frau bei der Hinfahrt war
das Schnarchen geradezu eine Wohltat.

Auch wenn Sunas Besuch beim Sylter Tageblatt ins-
gesamt ein Fehlschlag gewesen war, hatte er ihr doch
geholfen, das Bild zu vervollständigen, das sie sich von
Fenjas unbekanntem Verfolger gemacht hatte.

Es war ihr deutlich vor Augen geführt worden, dass er
nicht zimperlich war: Eine Todesanzeige für eine Lebende
aufzugeben, war schon ziemlich fies, aber dies auch noch
im Namen eines Toten zu tun, setzte dem Ganzen die
Krone auf.

So ganz umsonst war die Aktion also doch nicht gewesen, überlegte Suna weiter. Zwar war die Beschreibung
des Inserenten durch die Rothaarige beinahe schon
lächerlich ungenau gewesen, aber ein paar Informationen
hatte sie ihr trotzdem gebracht. Suna war sich nämlich
ganz sicher, dass sie zwei Personen streichen konnte, die
als Verdächtige auf ihrer Liste gestanden hatten. Da war
zum einen Claudia Kronholz. Selbst wenn sich die
Blondine unter einer Mütze versteckt und ihre Stimme

verstellt hätte, wäre sie niemals für einen Mann gehalten worden. Zum anderen war es ausgeschlossen, dass es sich bei dem Inserenten um Holger Asmussen, Marks ehemaligen Chef, gehandelt haben konnte. Dessen dichter grauer Vollbart wäre jedem sofort aufgefallen.

Das Klingeln ihres Handys riss Suna aus ihren Gedanken. Sie lächelte, als sie Kobos Nummer auf dem Display erkannte.

»Na, das wurde ja auch langsam Zeit«, meldete sie sich. »Hast du was für mich?«

»Hatte ich jemals nichts für dich?«, gab Kobo in genauso flapsigem Tonfall zurück. »Natürlich habe ich was, aber leider nicht viel.«

Suna holte ihren Block und einen Kuli aus ihrer Tasche. Bei schnellen Notizen zog sie die altmodische Papierform immer noch vor. »Okay, dann leg mal los.«

»Also, dein Toter scheint im Netz nicht besonders aktiv gewesen zu sein. Kein Facebook-Profil, kein Twitter-Account, keine Mitgliedschaft in anderen sozialen Netzwerken. Das Einzige, wo er aufgetaucht ist, war die nebenbei gesagt äußerst schlecht gemachte Homepage dieser Versicherungsagentur, in der er gearbeitet hat.«

»Die von Holger Asmussen?«, hakte Suna nach.

»Genau die meine ich. Ansonsten gab es nichts, und damit will ich sagen: wirklich überhaupt nichts. Keine Erwähnungen privat, auf Seiten von Freunden oder von Sportvereinen. Ich musste ganz schön tief graben, um doch etwas zu finden.«

Suna setzte sich interessiert auf. »Und, was hast du gefunden?«, drängte sie, als Kobo eine bedeutungsvolle Pause einlegte.

»Du hast doch gesagt, der Typ wäre bei seiner Familie in Hannover aufgewachsen. Das stimmt so aber nicht. Seine Eltern und sein Bruder sind bei einem Autounfall gestorben, als Mark zehn Jahre alt war. Er kam dann in eine Pflegefamilie namens Katridis, die auch in der Nähe von Hannover gewohnt hat und immer noch wohnt.

»Das ist interessant«, murmelte Suna nachdenklich. Damit war auch ein Punkt gelöst, der ihr vorher Kopfzerbrechen bereitet hatte, den sie aber wegen des Trubels mit der vollgeschmierten Schaufensterscheibe und der falschen Todesanzeige gar nicht mehr bei Fenja zur Sprache gebracht hatte. Wenn Mark keine Angehörigen mehr gehabt hatte, war es nur logisch, dass seine Bestattung Aufgabe der Gemeinde gewesen war.

Ihre Gedankengänge wurden durch Kobo unterbrochen, der wieder ihre Aufmerksamkeit forderte.

»Aber das eigentlich Interessante hast du ja noch gar nicht gehört,« sagte er. Wieder legte er eine effekthascherische Pause ein, bevor er fortfuhr: »Es geht gar nicht so sehr darum, dass, sondern wo der Unfall stattgefunden hat. Das war nämlich auf Sylt, auf der Straße zwischen Westerland und Rantum.«

Suna brauchte einen Moment, um die Neuigkeiten zu verarbeiten.

»Bist du sicher?«, fragte sie dann.

»Also bitte«, Kobos Stimme klang gekränkt. »Natürlich bin ich sicher. Die Familie von Mark Sennemann hat auf Sylt Urlaub gemacht und war gerade nach einem Ausflug in ihrem Kombi auf dem Rückweg nach Rantum, wo die Eltern ein Ferienhaus gemietet hatten. Ein Lieferwagen kam ihnen entgegen. Der Fahrer war wohl viel zu schnell unterwegs, hat die Kontrolle verloren und ist frontal in den Wagen der Sennemanns reingerast. Die Eltern waren auf der Stelle tot, der Bruder ist noch auf dem Weg ins Krankenhaus gestorben. Mark selbst hatte auch ziemlich schwere Verletzungen, hat aber – wie wir ja wissen – überlebt.«

»Um dann vierzehn Jahre später durch einen Stich in den Hals getötet zu werden«, sagte Suna leise. Sie atmete hörbar aus. »Das Leben kann manchmal echt grausam sein. Weißt du eigentlich auch etwas über den Unfallverursacher?«

»Die Frage habe ich jetzt mal zu Deinen Gunsten überhört«, gab Kobo hochmütig zurück. »Sonst könnte ich noch auf die Idee kommen, dass du mich für einen Dilettanten hältst.«

Suna lachte. »Jetzt rück schon raus damit, ich bezahle dich schließlich nicht für blöde Sprüche!«

»Der Unfallverursacher kam aus Sylt und hieß Wolfram Köhne, geboren 1959 in Niebüll, gestorben vor ziemlich genau sechs Monaten in Westerland.«

»Und die Todesursache?«

»Hör mal, Suna, sehe ich aus wie ein Pathologe?«, erwiderte Kobo in gespielt beleidigtem Tonfall. »Ein bisschen was musst du schon noch selbst herausfinden, sonst kann ich ja gleich deinen Job übernehmen. Dann streiche ich aber auch die ganze Kohle für den Auftrag ein.«

»Schon gut.« Wieder lachte Suna auf. Gespräche mit Kobo waren für sie immer wieder Lichtblicke im ansonsten manchmal so trüben Detektivalltag. »Ich sehe mal, was ich noch rausfinden kann. Auf jeden Fall hast du mir sehr weitergeholfen. Das mit dem Unfall ist ein ganz neuer Aspekt, dem ich nachgehen kann.«

»Okay, dann viel Erfolg dabei. Melde dich, wenn du noch was brauchst.«

»Einen Moment!«, rief Suna, bevor Kobo auflegen konnte. »Eine Sache hätte ich da noch. Du müsstest jemanden für mich überprüfen, und zwar die Freundin meiner Auftraggeberin. Sie arbeitet im gleichen Souvenirshop. Das war übrigens diejenige, die Mark tot aufgefunden hat. Ich habe aber nur den Namen und das Geburtsdatum. Allerdings bin ich mir selbst da nicht ganz sicher, ob die Angaben stimmen.«

Kobo stöhnte auf, als Suna ihm die Daten mitgeteilt hatte. »Ist das dein Ernst? Ich soll nach einer Carolin Becker suchen, die wahrscheinlich irgendwann mal in Berlin gewohnt hat und ungefähr Mitte zwanzig ist? Hast du schon mal ernsthaft über eine Karriere als Komikerin nachgedacht? Was glaubst du, wie viele Menschen es in und rund um Berlin gibt, die Becker heißen?«

»Du machst das schon. Ich vertraue dir da voll und ganz«, erwiderte Suna zuversichtlich.

Nachdem sie das Gespräch beendet hatte, lehnte sie sich zufrieden in ihrem Sitz zurück und schaffte es tatsächlich, ein wenig den Ausblick aufs Wattenmeer zu genießen. Endlich stocherte sie nicht mehr ziellos im Nebel herum, sondern hatte eine konkrete Spur, der sie nachgehen konnte.

\*

## Sturmflut: Ein Fall für Suna Lürssen

Suna war neugierig, von Fenja zu erfahren, was sie über den tragischen Autounfall wusste, bei dem Marks Familie umgekommen war. Da sie aber erst kurz nach fünf Uhr nachmittags wieder in Westerland eintraf, entschied sie sich dagegen, direkt in Hynsteblom zu gehen. Der Laden hatte noch eine knappe Stunde geöffnet, und Suna wusste, dass sie erst nach Ladenschluss ein ruhiges Gespräch mit ihrer Auftraggeberin würde führen können. Stattdessen wollte sie zuerst noch Holger Asmussen, Marks ehemaligem Chef, einen Besuch abstatten.

Seine Versicherungsagentur lag im alten Teil von Westerland in einem schönen, liebevoll restaurierten Friesenhaus, das von einem gepflegten Garten umgeben war. Nur ein dezentes Schild am Gartentor wies darauf hin, dass hier Versicherungen aller Art vermittelt wurden.

Suna öffnete die Gartenpforte und ging durch den schmalen Vorgarten auf das Haus zu. Die Haustür besaß eine einfache Klinke – und war offen. Suna trat ins Innere des Hauses und kam direkt in ein gemütlich eingerichtetes Büro mit zwei Schreibtischen. Einer davon war verwaist, am anderen saß Asmussen mit einem Kunden. Er rechnete dem jungen Mann, der ziemlich durcheinander zu sein schien, anscheinend gerade mehrere Versicherungstarife vor. Als er Suna sah, nickte er ihr kurz zu.

»Einen Augenblick noch, ich bin gleich für Sie da«, sagte er mit seiner unverkennbaren rauchigen Stimme, die sie sofort wiedererkannt hätte. Er dagegen schien sich ihr Gesicht nicht gemerkt zu haben. Kein Wunder, dachte sie. Bei dem Trubel, der am Tag der Wiedereröffnung im Hynsteblom geherrscht hatte, war sie schlicht übersehen worden. Jetzt war sie ganz froh, sich an diesem Tag im Hintergrund gehalten zu haben. So hatte sie den Überraschungseffekt auf ihrer Seite.

»Ich warte dann solange draußen«, gab sie freundlich zurück. Sie wollte nicht aufdringlicher sein als unbedingt nötig.

Es dauerte beinahe eine Viertelstunde, bis der junge Mann das Haus verließ. Dabei machte er einen noch verwirrteren Eindruck als während des Gesprächs mit Asmussen.

Inzwischen war Suna durch den eisigen Wind ganz durchgefroren. Sie war froh, als sie endlich das Haus betreten konnte und ihr eine wohlige Wärme entgegenkam.

»Machen Sie die Tür richtig zu, ja? Sonst zieht's hier wie Hechtsuppe«, wies Asmussen sie an, der immer noch an seinem Schreibtisch hockte. Dann deutete er mit dem Kugelschreiber auf den Platz, auf dem vorher der junge Mann gesessen hatte, bevor er weiter ein paar Zahlen auf einen Block kritzelte.

»Also, was kann ich für Sie tun?«, fragte er, ohne von seinen Notizen aufzublicken.

Suna runzelte verwundert die Stirn. Sie hatte angenommen, dass Marks Tod der Grund dafür war, dass Asmussen Fenja gegenüber so unterkühlt aufgetreten war. Doch tatsächlich schien das der ganz normale Umgangston des Versicherungsmaklers zu sein. Ihr lag schon ein Spruch auf den Lippen, dass er in Bezug auf Kundenfreundlichkeit durchaus noch Entwicklungspotenzial hatte, aber sie verkniff ihn sich. Sie wollte dem ohnehin schon schwierigen Gespräch nicht einen noch schlechteren Start verpassen. Trotzdem wartete sie, bis er sie ansah, bevor sie antwortete.

»Mein Name ist Suna Lürssen, und ich bin wegen ihres früheren Mitarbeiters Mark Sennemann hier.«

»Sind Sie von der Presse? Oder vom Fernsehen?«, unterbrach sie Asmussen ungehalten.

»Nichts davon«, versicherte Suna ruhig. »Ich bin private Ermittlerin. Fenja Sangaard hat mich beauftragt, über die Hintergründe der Ereignisse zu recherchieren, die zu Mark Sennemanns Tod geführt haben ...«

»Da mach doch einer den Kopp zu«, polterte Asmussen dazwischen. »Fenja engagiert eine Schnüfflerin? Die Lütte hat sie doch nicht alle. Was soll das? Reicht es ihr nicht, dass Mark tot ist? Will sie ihn jetzt auch noch mit Dreck beschmeißen?«

Suna hob beschwichtigend beide Hände. Sie musste sich sehr beherrschen, dass man ihr nicht ansah, wie genervt sie war.

»Herr Asmussen, bitte, darum geht es doch gar nicht. Niemand soll hier mit Dreck beworfen werden, und es geht auch nicht darum, jemanden öffentlich schlecht zu machen«, sagte sie ruhig. »Ganz im Gegenteil, Fenja hat mir Mark als ruhigen, ausgeglichenen Menschen beschrieben. Und gerade das ist es, was ihr Kopfzerbrechen bereitet. Durch den Schock erinnert sie sich an nichts mehr. Aber sie sagte mir, dass es überhaupt nicht zu seinem Charakter gepasst hätte, plötzlich aggressiv zu werden. Deshalb möchte sie einfach wissen, was ihn dazu gebracht haben könnte, sie anzugreifen und beinahe zu erwürgen.«

»Was ihn dazu gebracht hat?« Asmussen schnaubte verächtlich. »Fragen Sie Fenja doch selbst! Das Biest muss ihn bis aufs Blut gereizt haben.«

Suna sah ihn verwirrt an. »Wie meinen Sie das? Wollen Sie damit sagen, sie hat ihn verführen wollen, dann aber einen Rückzieher gemacht?«

»Nun hör mir mal gut zu, min Deern«, knurrte Asmussen. »Ich kenne Fenja Sangaard schon, seitdem sie auf der Welt ist, und sie hat schon immer ihren Dickkopf durchsetzen müssen. Ich habe keine Ahnung, was an diesem Abend im November passiert ist, aber ich weiß, dass Mark kein Vergewaltiger war. Der Junge war nicht von hier, aber er war ein wirklich feiner Kerl.« Er beugte sich zu Suna vor und sah ihr eindringlich in die Augen. »Mehr Worte werde ich zu diesem Thema nicht verlieren, also verschwinde und lass dich hier nie wieder blicken.«

Suna nickte. »Trotzdem danke für Ihre Hilfe. Und einen schönen Abend noch«, sagte sie freundlich, bevor sie aufstand und ihre Jacke anzog.

Als sie zur Tür ging, meinte sie Asmussens bohrende Blicke in ihrem Rücken zu spüren.

Sie dachte wieder daran, was Fenja ihr über das Verhältnis der Sylter zu Einheimischen und Auswärtigen erzählt hatte. Wenn das auch bei Asmussen zutraf, musste er von Mark wirklich eine verdammt hohe Meinung gehabt haben.

\*

Fenja wollte gerade die Ladentür abschließen, als Suna das Hynsteblom erreichte. Lächelnd zog ihre Auftraggeberin die Tür wieder auf und ließ sie eintreten. Nachdem Suna ihre Jacke ausgezogen hatte, blickten Fenja und Carolin sie erwartungsvoll an.

»Hast du etwas über die Todesanzeige herausgefunden?«, erkundigte sich Carolin.

»Nicht viel. Nur dass sie ein unauffällig aussehender Mann aufgegeben und bar bezahlt hat«, antwortete Suna. Dass sich der Mann Mark Sennemann genannt hatte, brauchten die anderen nicht zu wissen. Es würde sie nur unnötig erschrecken. Als sie das enttäuschte Gesicht ihrer Auftraggeberin sah, fügte sie hinzu: »Immerhin können wir damit sowohl Claudia Kronholz als auch Holger Asmussen ausschließen. Das ist ja auch schon was wert.«

Fenja versuchte zu lächeln, aber es gelang ihr nicht. »Hoffentlich hilft uns dann wenigstens die Kamera vor dem Laden weiter. Ich werde noch verrückt, solange ich nicht weiß, wem ich die Schmiererei und die Anzeige zu verdanken habe. Irgendwie muss das doch herauszubekommen sein. Bei jedem Kunden, der ins Hynsteblom kommt, überlege ich, ob er vielleicht derjenige sein könnte, der das gemacht hat. So kann ich nicht mehr lange weitermachen.«

Suna sah, dass sie mit den Tränen kämpfte. »Ich denke, es wird nicht mehr lange dauern, bis wir ihn schnappen«, meinte sie, wobei sie ihrer Stimme einen optimistischen Klang zu geben versuchte. »Außerdem bleibt dir auch noch die Möglichkeit, die Polizei einzuschalten.«

Fenja schüttelte entschieden den Kopf. »Nein, das möchte ich nicht. Damit würde ich nur noch mehr Kunden vergraulen. Ich will, dass du dich weiter darum kümmerst.«

»Das werde ich ganz sicher.« Suna nickte aufmunternd, bevor sie sich an das heiklere Thema heranwagte. »Ich habe übrigens auch noch etwas Interessantes über Mark herausgefunden, über das ich ganz dringend mit euch beiden sprechen möchte. Du hattest mir doch erzählt, er sei bei seiner Familie in Hannover aufgewachsen.« Suna sah erst Fenja, dann Carolin an. Als beide nickten, fuhr sie fort: »Wusstet ihr, dass es eine Pflegefamilie war? Marks richtige Familie ist seit vierzehn Jahren tot.«

»Was?« Fenja starrte sie entgeistert an, während Carolin die Stirn runzelte. »Aber davon hat er nie etwas gesagt! Ich bin selbstverständlich davon ausgegangen, dass er bei seinen leiblichen Eltern aufgewachsen ist.«

»Warum hätte er das denn verschweigen sollen? Es ist doch nichts Schlimmes, wenn man als Kind in eine andere Familie kommt«, warf Carolin ein.

»Ich sehe das ja genauso«, gab Suna nachdenklich zurück »Aber anscheinend hatte Mark ein echtes Problem damit. Oder« – sie zögerte – »es gab einen ganz anderen Grund, warum er seine Vergangenheit verschwiegen hat. Hat er euch mal erzählt, warum er nach Sylt gezogen ist?«

Fenja schüttelte ratlos den Kopf, und auch Carolin wusste keine Antwort auf diese Frage. Sie zog in einer hilflosen Geste die Achseln hoch.

»Es ist nämlich so, dass er eine ganz besondere Verbindung zur Insel hatte«, fuhr Suna in ihrer Erklärung fort. »Der Unfall, bei dem seine Eltern und sein Bruder ums Leben kamen, hat sich hier auf Sylt ereignet, und zwar auf der Strecke zwischen Westerland und Rantum.«

Fenja war bei ihren letzten Worten deutlich blasser geworden. »Vor vierzehn Jahren war das, hast du gesagt?«,

stammelte sie. Dabei starrte sie Suna mit weit aufgerissenen Augen an. »Dann kann das eigentlich nur der
Unfall von Wolfram Köhne gewesen sein!« Sie schlug
entsetzt die Hand vor den Mund.

Suna musterte sie forschend. »Du kennst ihn?«, wollte
sie wissen.

»Ich kannte ihn, muss es wohl eher heißen.« Fenja
nickte bedrückt. »Er ist vor ungefähr einem halben Jahr
gestorben. Er war ein guter Freund meiner Eltern.«

Donnerstag, 14. Februar

Am nächsten Morgen saß Suna schon früh in ihrem Auto und war in Richtung Hannover unterwegs. An einer Raststätte machte sie einen kurzen Zwischenstopp und holte sich einen Becher Kaffee, den dritten an diesem Tag. Trotz ihres steigenden Koffeinpegels wurde sie nicht richtig wach. Sie hatte noch nie Probleme damit gehabt, abends lange zu arbeiten. Selbst Observierungen, die sich bis spät in die Nacht hineinzogen, konnte sie besser wegstecken als so mancher Kollege, aber sie war nun einmal ein Morgenmuffel, das ließ sich nicht leugnen. Und dass sie zwei Tage hintereinander so früh hatte aufstehen müssen, schlauchte sie noch zusätzlich.

Dennoch zwang sie sich, wieder in ihren Wagen zu steigen und weiterzufahren. Ihr Ziel war das Haus der Familie Katridis, Marks ehemaliger Pflegefamilie. Von ihr erhoffte sie sich weitere Informationen. Wenn Mark zu seinen Pflegeeltern auch noch Kontakt gehalten hatte, nachdem er volljährig geworden war, konnten diese ihr vielleicht mehr darüber verraten, was kurz vor seinem Tod in ihm vorgegangen war. Vielleicht hatten sie sogar eine Idee, was zu seinem Angriff auf Fenja geführt haben könnte. Außerdem wussten sie möglicherweise noch mehr über den Unfall, als Fenja ihr am Abend zuvor berichtet hatte.

Ihr zufolge war Wolfram Köhne Chef einer Catering-Firma gewesen, die Essen, Getränke und alles, was sonst noch nötig war, für Feiern und größere Events geliefert hatte. Auf dem Rückweg von einer Auftragsbesprechung war er zu schnell unterwegs gewesen, außerdem hatte ihn eine hin- und herrutschende Kiste in seinem Liefer-wagen abgelenkt, die einer seiner Mitarbeiter nicht richtig befestigt hatte. Als er sich in einer Kurve zu ihr um-gedreht hatte, war er von der rechten Fahrbahnseite abgekommen, hatte die Kontrolle über seinen Wagen verloren und war frontal in das Auto der Sennemanns gerast. Es hatte keinerlei Zweifel gegeben, dass Köhne die Alleinschuld an dem Unfall trug, aber da weder Alkohol noch Drogen im Spiel gewesen waren, hatte er nur eine Bewährungsstrafe aufgebrummt bekommen.

Noch am Abend hatte Suna Rebecca angerufen und sie darum gebeten, ihr den offiziellen Unfallbericht zu besor-gen. Diesmal hatte ihre ehemalige Schwägerin allerdings die günstige Gelegenheit am Schopf gepackt und nicht lockergelassen, bis Suna ihr versprochen hatte, zu ihrer Geburtstagsfeier zu erscheinen.

Hoffentlich war es das wert, dachte Suna grinsend. Sie war gespannt, ob der Unfallbericht noch weitere Details enthielt, von denen Fenja nichts wusste.

Suna überlegte, was für ein Gefühl es für Mark ge-wesen sein musste, dass der Mann, der seine gesamte Familie auf dem Gewissen hatte, beinahe ungestraft davongekommen war. Sie war sich sicher, dass sie an seiner Stelle gewaltige Rachegelüste entwickelt hätte. Allerdings war Mark nach den Schilderungen ja ein viel ruhigerer Typ als sie selbst gewesen, dachte sie. Und so richtig in einen Menschen hineinversetzen konnte man sich doch eigentlich nie.

Sie schaltete das Radio ein, um sich ein wenig von ihrer Grübelei abzulenken, und suchte die verschiedenen Sender durch. Aber entweder es kamen gerade irgendwelche dämlichen Werbespots, oder die gespielte Musik traf überhaupt nicht ihren Geschmack. Daher machte sie kurz darauf das Radio wieder aus und hing weiter ihren Gedanken nach.

Nach knapp viereinhalb Stunden hatte sie endlich ihr Ziel erreicht: das Haus der Familie Katridis in Hannover. Es stand im Stadtteil Ledeburg an einer ruhigen Anliegerstraße, an der sich ausschließlich Einfamilienhäuser befanden. Viele waren von großen Gärten umgeben, die jetzt im Februar natürlich verwaist und ein wenig trist wirkten.

Suna stellte ihren Wagen am Straßenrand ab und ging langsam auf das Haus zu, ein eher kleines Einfamilienhaus, das nicht unbedingt luxuriös, dafür aber sehr gepflegt aussah. Der Garten, der zum großen Teil neben dem Haus lag, verkündete, dass man hier ganz auf Kinder eingestellt war. Neben einem großen Spielturm mit Schaukel, Rutsche und Kletterbrücke war eine Sandkiste in den Rasen eingelassen, und vor der Haustür standen trotz der Kälte ein Kinderfahrrad und ein Dreirad unter einem kleinen Vordach.

Suna überlegte, wie sie am besten vorgehen sollte, um Marks Pflegeeltern so viele Informationen wie möglich zu entlocken. Im Gegensatz zur Polizei hatte sie als Privatermittlerin keinerlei Befugnisse, ihre Gesprächspartner zum Reden zu zwingen. Und auch die einschüchternde Wirkung, die eine Polizeiplakette auf manche Menschen hatte, konnte sie leider nicht nutzen. Sie musste darauf hoffen, dass die Leute ihr freiwillig sagten, was sie wissen wollte, wobei die Strategie, wie sie das Gespräch führte, oft von entscheidender Bedeutung war.

Sie beschloss, sich die Katridis erst einmal anzusehen und sich dann spontan die richtige Taktik zu überlegen. Meistens kam sie relativ weit, wenn sie sich einfach auf ihre Intuition verließ. Sie hoffte nur, dass zumindest einer der beiden Elternteile zuhause war und sie die weite Fahrt nicht umsonst gemacht hatte.

Vielleicht wäre es doch besser, sie hätte vorher angerufen, dachte sie, als sie auf den Klingelknopf gedrückt hatte und auf ein Lebenszeichen im Inneren des Hauses wartete. Allerdings hatte sie die Erfahrung gemacht, dass die meisten Menschen bei Überraschungsbesuchen wesentlich mehr verrieten als bei vorher ausgemachten Treffen, bei denen sie die Möglichkeit hatten, sich auf das Gespräch vorzubereiten.

Sunas Sorge erwies sich als unbegründet. Schon nach wenigen Sekunden hörte sie im Inneren des Hauses Schritte, die sich rasch näherten. Die Haustür wurde von innen aufgeschlossen und aufgezogen. Eine schlanke, große Frau mit von grauen Strähnen durchzogenen braunen Haaren blickte Suna fragend an. Sie hatte ein drei- oder vierjähriges Kind auf dem Arm, dem sie ganz nebenbei mit einem Papiertaschentuch die Nase abwischte.

»Ja, bitte?« Die Frau lächelte freundlich, wenn auch distanziert.

Suna entschied sich dafür, dass sie hier mit der Wahrheit vermutlich am weitesten kommen würde. »Mein Name ist Suna Lürssen. Ich würde gern mit Herrn und Frau Katridis sprechen«, begann sie freundlich.

»Wollen Sie etwas verkaufen? Wir haben alles, was wir brauchen.«

»Nein, darum geht es nicht.« Suna bemühte sich um ein gewinnendes Lächeln. »Ich bin wegen Mark hier, Mark Sennemann. Sind Sie Frau Katridis?«

Die Frau nickte. Bei der Erwähnung des Namens ihres Pflegesohns hatte sich ihre Miene sofort versteinert. »Sei so lieb und geh ins Wohnzimmer spielen«, wandte sie sich an den Kleinen, bevor sie ihn behutsam auf dem Boden absetzte. Nachdem der Junge hinter der nächsten Tür verschwunden war, sah sie wieder Suna an.

»Mein Mann ist nicht da. Und ich möchte zu dem Thema eigentlich nichts mehr sagen.« Sie machte eine kurze Pause, bevor sie hinzufügte: »Sie sind doch von der Presse, oder? Sie können direkt wieder gehen.«

Sie machte Anstalten, die Haustür wieder zu schließen, doch Suna hielt sie sanft, aber bestimmt zurück. Die Medien mussten nach Marks Tod ziemlich aufdringlich gewesen sein, wenn sowohl Marks Chef als auch seine Pflegemutter Pressevertreter sofort vor die Tür setzen wollten, dachte sie grimmig.

»Frau Katridis, bitte hören Sie mir kurz zu, nur eine Minute«, begann Suna in eindringlichem Tonfall. »Ich bin weder von einer Zeitung noch vom Fernsehen, und ich möchte garantiert keine sensationellen Informationen in die Öffentlichkeit bringen. Ich bin private Ermittlerin und wurde von Fenja Sangaard beauftragt, die Hintergründe des Falls zu untersuchen. Sie wissen, wer das ist?«

Wieder nickte die Frau, sagte aber nichts.

»Nun, wie Sie sicher wissen, geht die Staatsanwaltschaft davon aus, dass Frau Sangaard in Notwehr gehandelt hat, weil Mark sie fast erwürgt hätte. Deshalb wurde das Verfahren ja auch eingestellt. Jetzt ist es aber so, dass Frau Sangaard selbst sich gar nicht vorstellen kann, dass Mark sich ihr gegenüber so aggressiv verhalten hat. Sie hat mir erzählt, dass sie ihn nur als ruhigen, ausgeglichenen Menschen kennengelernt hat, und dass es überhaupt nicht zu seinem Charakter gepasst hätte, wenn er einfach so auf sie losgegangen wäre.«

Suna beobachtete Frau Katridis genau, während sie sprach. Sie war sich sicher, den richtigen Ton getroffen zu haben, denn der Gesichtsausdruck der Frau war bei ihren letzten Worten merklich weicher geworden. Einen Augenblick zögerte diese noch, dann machte sie zaghaft eine einladende Geste.

»Kommen Sie rein. Ich glaube, das sollten wir nicht unbedingt an der Haustür besprechen.« Ihre Stimme klang immer noch kühl, aber längst nicht mehr so abweisend wie vorher.

Suna folgte ihr durch einen schmalen Flur in ein großzügiges Wohnzimmer. Dort saß der Kleine, den Frau Katridis beim Öffnen der Haustür auf dem Arm gehabt hatte, und spielte mit einer komplizierten Holzmurmelbahn. Verlegen schielte er unter seinen dichten schwarzen Haaren zu Suna hin.

»Das ist Luis, unser jüngstes Pflegekind«, erklärte Frau Katridis, und sofort schwang ein warmer Unterton in ihrer Stimme mit. »Er ist jetzt seit drei Monaten bei uns und noch ein bisschen schüchtern. Die beiden Großen, Marie und Finn, sind noch in der Schule.«

»Hallo, Luis«, begrüßte Suna den Jungen, der sich sofort hinter einem Sessel vor ihr versteckte.

Frau Katridis lachte liebevoll auf. »Keine Angst, das ist ganz normal bei ihm, aber das wird schon noch. Ach ja, möchten Sie vielleicht etwas trinken? Einen Kaffee?«

»Sehr gern«, gab Suna prompt zurück, obwohl sie während der Fahrt nach Hannover eigentlich schon viel zu viel davon getrunken hatte. Wahrscheinlich würden ihre Nerven auf der Rückfahrt Samba tanzen, aber sie wusste, dass es vielen Menschen leichter fiel, unbefangen zu reden, wenn sie mit irgendetwas beschäftigt waren, und sei es nur mit Kaffee kochen. Sie folgte Frau Katridis in die nicht mehr ganz zeitgemäße, aber gemütlich eingerichtete Küche und setzte sich auf einen Wink ihrer Gastgeberin hin an den Küchentisch.

Diese achtete darauf, dass sie den kleinen Luis durch die geöffnete Tür hindurch im Blick hatte, während sie Wasser in den Tank der Kaffeemaschine füllte.

»Also, wie kann ich Ihnen weiterhelfen?«, fragte sie so leise, dass Suna sie zwar gut verstehen konnte, der Kleine im Wohnzimmer aber nichts von dem Gespräch mitbekam.

»Wenn ich das nur so genau wüsste.« Suna zuckte die Achseln und lächelte ratlos. »Vielleicht erzählen Sie mir einfach von Mark. Er war zehn, als er zu Ihnen kam, oder?«

»Elf«, berichtigte Frau Katridis. »Wissen Sie von dem Unfall, bei dem er seine Familie verloren hat?« Als Suna nickte, fuhr sie fort: »Damals war er zehn, aber er hatte ebenfalls sehr schwere Verletzungen und war mehrere Monate im Krankenhaus und in der Reha. Erst danach ist er zu uns gekommen.«

»Der Arme. Das muss schrecklich für ihn gewesen sein«, bemerkte Suna mit ehrlichem Mitgefühl. Die Vorstellung, dass ein Kind die medizinischen Behandlungen über sich ergehen lassen und gleichzeitig den Tod der Eltern und des Bruders verkraften musste, war für sie nur schwer zu ertragen.

Marks Pflegemutter schien es ähnlich zu gehen, denn sie seufzte laut. »Das kann man wohl sagen. Selbstverständlich haben wir versucht, ihm so gut wie möglich beizustehen, aber ersetzen konnten wir seine Eltern natürlich nicht.«

»War er ein schwieriges Kind?«, erkundigte sich Suna vorsichtig.

Frau Katridis überlegte einen Moment. »Schwierig ist wohl nicht ganz das richtige Wort. Ich würde sagen, verwirrt trifft es eher. Er war manchmal sehr empfindlich, hat schnell angefangen zu weinen. Doch meistens hat er sich ganz in sich zurückgezogen. Es war oft schwer für uns zu sagen, was in ihm vorging.«

»Blieb das die ganze Zeit über so oder hat es sich im Laufe der Jahre gebessert?«

»Es wurde auf jeden Fall immer besser, besonders als Mark eine richtige Aufgabe bekam«. Frau Katridis lächelte versonnen.

Suna runzelte die Stirn. »Eine Aufgabe? Was meinen Sie damit?«

»Zwei Jahre nach Mark ist Jonas zu uns in die Familie gekommen. Er war damals sechs, und das Jugendamt hat ihn wegen Kindeswohlgefährdung aus seiner Familie herausgeholt. Es muss ziemlich schlimm gewesen sein. Alkohol, Drogen, Vernachlässigung, das ganze Programm.

Und das hat man Jonas leider auch angemerkt. Er konnte vieles nicht, was für andere Kinder in seinem Alter ganz selbstverständlich war. Dementsprechend wurde er von den anderen sehr oft gehänselt und ausgelacht. Anscheinend hat das Marks Beschützerinstinkt geweckt. Er hat immer zu Jonas gehalten, und weil er nicht nur viel älter, sondern natürlich auch viel stärker war als die anderen, haben die sich nicht mehr getraut, Jonas weiter zu ärgern. Außerdem hat Mark ihm eine Menge beigebracht, sodass Jonas seinen Rückstand enorm schnell aufgeholt hat.«

Sie strich sich nachdenklich die Haare zurück. »Wissen Sie, Mark hatte wirklich ein schweres Schicksal hinter sich, aber man hat ihm trotzdem angemerkt, dass er die ersten Jahre seines Lebens behütet und umsorgt aufgewachsen ist. Es waren einfach ganz andere Grundlagen da als bei einem verwahrlosten Kind wie Jonas. Trotzdem haben die beiden zusammengehalten wie Pech und Schwefel.« Sie lächelte gedankenverloren, als sie fortfuhr: »Und es hat nicht nur Jonas geholfen. Ganz im Gegenteil, sich um den Kleinen zu kümmern, war für Mark wie eine Therapie. Er ist regelrecht aufgeblüht als großer Bruder.«

Suna dachte daran, dass Fenja ihr erzählt hatte, Mark hätte öfter von seinem Bruder gesprochen. Inzwischen war sie sich fast sicher, dass er damit nicht seinen leiblichen Bruder gemeint hatte, sondern seinen Pflegebruder Jonas.

»Wissen Sie, ob die beiden noch Kontakt hatten, nachdem Mark ausgezogen ist?«, fragte Suna.

»Natürlich. Mark war bis zum Ende seiner Schulzeit bei uns. Danach hat er seinen Wehrdienst abgeleistet und dann eine Ausbildung zum Versicherungskaufmann hier in Hannover gemacht. Während dieser Zeit hat er uns oft besucht. Jonas hat ja damals noch hier gewohnt. Aber auch später, als Mark dann nach Sylt gegangen ist und Jonas zum Studieren nach München, haben die beiden oft miteinander telefoniert.«

»Und wie hat Jonas auf Marks Tod reagiert?«, fragte Suna leise.

Frau Katridis senkte den Blick und presste die Lippen zusammen. »Er war vollkommen fassungslos«, brachte sie schließlich hervor. »Wir konnten es ihm nicht sofort sagen, weil er damals für ein Gastsemester nach Australien gegangen war. Umso mehr hat es ihn getroffen, als er es erfahren hat, vor allem, da zu diesem Zeitpunkt die Beerdigung schon stattgefunden hatte. Es hat ihn ziemlich aus der Bahn geworfen.«

Suna richtete sich interessiert auf. »Wie meinen Sie das?«

»Wir hatten eigentlich immer ein ganz gutes Verhältnis zu ihm, aber Mark war seine wichtigste Bezugsperson. Nach seinem Tod hatten mein Mann und ich ernsthafte Bedenken, dass er alles hinschmeißen und sogar sein Studium abbrechen würde. Dabei waren wir doch immer so stolz darauf, was er alles erreicht hatte, und das trotz seines schlechten Starts ins Leben. Wir haben versucht, ihn davon zu überzeugen, dass er weitermachen muss, doch er hat uns völlig ignoriert und zeitweise sogar den Kontakt abgebrochen.«

Frau Katridis sah eine Weile nachdenklich zu Luis hinüber, der immer noch mit seiner Murmelbahn beschäftigt war. Am Ende der Bahn war ein Glockenspiel in Treppenform angebracht, und jedes Mal, wenn eine der

Kugeln über die Stufen rollte, ertönte eine leise Melodie. Seine Pflegemutter blickte wieder zu Suna zurück. Auf ihrem Gesicht zeigte sich ein erleichtertes Lächeln. »Aber ich denke, inzwischen hat er die Kurve gekriegt.«

»Das heißt, Sie haben wieder Kontakt?«

»Ja. Er ist jetzt wieder zurück in München. Wir haben in den letzten Wochen ein paar Mal telefoniert. Es scheint so, als käme er endlich mit Marks Tod klar. Vielleicht besser als mein Mann und ich«, fügte sie leise hinzu.

»Frau Katridis, können Sie mir sagen, warum Mark nach Sylt gegangen ist? Hatte es etwas mit dem Unfall zu tun?«

»Ehrlich gesagt, ich weiß es nicht. Er mochte das Meer sehr gern, und es war immer schon sein Traum, eines Tages an der Küste zu leben. Aber warum es ausgerechnet dort sein musste, wo seine Eltern gestorben sind, kann ich nicht sagen.«

Suna überlegte einen Moment. »Und wissen Sie, ob es irgendetwas gab, das ihn in letzter Zeit belastet hat? War er vielleicht unausgeglichen oder gereizt?«

Frau Katridis lachte freudlos auf. »Sie glauben gar nicht, wie oft ich mir in den vergangenen Wochen diese Frage gestellt habe. Aber ich kann Ihnen dazu nur sagen, dass er so war wie immer. Ein bisschen verschlossen und zurückhaltend möglicherweise, aber liebenswürdig und alles andere als aggressiv. Ich hatte sogar das Gefühl, dass er sich jetzt endlich richtig eingelebt hatte in Westerland. Er hat den Eindruck gemacht, glücklich und zufrieden zu sein. Anders kann ich es nicht sagen. In diesem Punkt stimme ich mit Frau Sangaard überein. Ich habe absolut keine Erklärung dafür, was an dem Abend in der Wohnung dieser Frau vorgefallen ist.«

Suna nickte. »Ich verstehe. Ich muss zugeben, ich hatte mir irgendeinen Anhaltspunkt erhofft. Aber trotzdem bin ich Ihnen sehr dankbar für Ihre Offenheit.«

»Keine Ursache.« Frau Katridis lächelte. »Ich glaube, mir hat es ganz gut getan, mal mit jemand Außenstehendem über alles zu reden. Mein Mann leidet immer noch wie ein Hund, und meinen Freunden möchte ich damit nicht ständig in den Ohren liegen. Sie haben mir schon genug geholfen.«

Als sie Suna kurz darauf zur Tür geleitete, fiel der Privatdetektivin noch etwas ein.

»Frau Katridis, könnten Sie mir vielleicht Jonas' Telefonnummer geben?«, fragte sie vorsichtig. »Ich würde mich gern mal mit ihm unterhalten. Möglicherweise weiß er noch etwas über Mark, das er Ihnen nicht anvertraut hat.«

Marks Pflegemutter dachte ein paar Sekunden lang nach, schüttelte dann jedoch den Kopf. »Bitte verstehen Sie das nicht falsch, das geht nicht gegen Sie, aber ich denke, Jonas braucht jetzt Ruhe. Ich bin so froh, dass er sich nach der ganzen Aufregung wieder einigermaßen gefangen hat. Und ich möchte nicht riskieren, dass er durch ein Gespräch mit Ihnen noch einmal den Halt verliert.«

»Ja, das kann ich gut verstehen«, meinte Suna freundlich und hielt Frau Katridis die Hand hin. Nachdem sie sich noch einmal bedankt und verabschiedet hatte, ging sie zurück zu ihrem Wagen.

Natürlich verstehe ich die Bedenken, dachte sie. Aber wenn ich so nicht weiterkomme, werde ich trotzdem versuchen, mit Jonas zu sprechen. Für Kobo sollte es kein Problem sein, ihn ausfindig zu machen.

*

»Verdammte Schweinekälte! Das nächste Mal suche ich mir einen Job, für den ich nach Thailand oder Indonesien fahren muss«, fluchte Peter Lobinski leise und rieb sich mit den Händen über die Oberarme. Natürlich hatte er damit gerechnet, dass es in Norwegen im Februar kalt sein würde, aber der eisige Nordostwind machte ihm doch schwerer zu schaffen als erwartet.

Noch am Abend zuvor war er von Hamburg aus nach Kristiansand geflogen und hatte dort den Mietwagen abgeholt, den seine Freundin Katie über ihr Reisebüro für ihn organisiert hatte. Zum Glück war auf sie immer Verlass. Lobinski wusste nicht, wie sie es anstellte, aber irgendwie schaffte sie es immer, noch einen Flug oder ein Hotelzimmer zu bekommen, egal wie knapp die Zeit war.

So war es auch diesmal gewesen. Da er erst kurz vor Mitternacht eingecheckt hatte, war er kaum zur Ruhe gekommen. Lange vor dem Morgengrauen war er aus seinem Hotel aufgebrochen, hatte das beim Bootsverleih für ihn bereitstehende Boot übernommen und war zur Insel Kelkoya hinübergefahren.

Es handelte sich dabei um eine der kleineren Inseln, auf der außer den *Söhnen der Erde* niemand lebte. Im Internet hatte er sich Luftaufnahmen der Region angesehen. Auf der dem Festland zugewandten Seite hatte die

Sekte ihre kleine Siedlung errichtet, die von Feldern und kleinen Weiden umgeben war. Auf der Seite zum Meer befand sich ein niedriger Wald. Hier hatte er angelegt.

Es war ziemlich schwierig gewesen, einen Felsen zu finden, der sich einigermaßen als Anlegeplatz geeignet hatte, und die Dunkelheit hatte es nicht eben leichter gemacht. Zum Glück hatte er mindestens die Hälfte seiner Kindheit auf dem Wasser verbracht. Mit Booten ging er so selbstverständlich um wie andere mit ihrem Fahrrad. Trotzdem hatte er eine kleine Panne gehabt. Die Schraube des Außenbordmotors, mit der er beim Anlegemanöver kurz den Grund touchiert hatte, würde er dem Bootsverleiher vermutlich ersetzen müssen, doch das war ein geringes Übel, das er gern in Kauf nahm.

Im Schutz der Dunkelheit hatte er sich langsam an die Behausung der Sekte herangetastet. Neben dem Haupthaus, in dem vermutlich die Wohnräume lagen, gab es einige kleine Nebengebäude. Dem Geruch nach zu urteilen waren es Ställe für Ziegen, Schweine und Geflügel.

Lobinski hatte fest damit gerechnet, dass das Areal bewacht oder zumindest von einem hohen Zaun umgeben sein würde. Umso überraschter hatte er festgestellt, dass keines von beiden der Fall war. Obwohl die Sonne gerade erst aufzugehen begann, hatte bei den Ställen schon rege Betriebsamkeit geherrscht. Der Privatdetektiv hatte mehrere Männer entdeckt, die sich um die Tiere gekümmert hatten und anschließend wieder im Haus verschwunden waren. Kurz nach Sonnenaufgang waren dann noch mehr Leute aus dem Haus gekommen, hatten auf einer schneebedeckten Wiese dicke Matten in einem Kreis ausgelegt und sich daraufgesetzt. Wie Lobinski gezählt hatte, waren es sechzehn Männer gewesen. Frauen hatte er nirgendwo entdeckt.

Gespannt hatte der Privatdetektiv darauf gewartet, was dann passierte – nichts! Anscheinend waren die Mitglieder der *Söhne der Erde* nur zum Meditieren nach draußen gekommen. Mehr als eine Stunde hatten sie regungslos auf ihren Matten gesessen, wobei der eiskalte Wind keinem von ihnen etwas auszumachen schien. Erst als einer der älteren Männer, von dem Lobinski annahm, dass es sich um den Anführer oder zumindest einen Ranghöheren handeln musste, etwas gesagt hatte, war die Gruppe ins Haus zurückgekehrt.

Seitdem waren fast vier Stunden vergangen, ohne dass sich eines der Sektenmitglieder hätte draußen blicken lassen.

Lobinski warf den Stummel seiner Zigarette weg und sah zu, wie er im Schnee erlosch. Dann hüpfte er vorsichtig auf und ab, um sich wenigstens etwas warm zu halten. Seine Füße fühlten sich trotz der dick gefütterten Stiefel schon ganz taub an, und seine Hände waren so durchgefroren, dass er kaum noch das Fernglas halten konnte. Einen Augenblick lang war er in Versuchung, sich in einen der Ställe zu verziehen, aber er verwarf den Gedanken schnell wieder. Wenn die Viecher ordentlich Krach machten, würden sie vielleicht die Aufmerksamkeit der Sektenmitglieder auf ihn lenken, mal ganz abgesehen von dem Geruch, den er anschließend ausströmen würde. Nicht gerade die beste Voraussetzung, um sich unbemerkt anschleichen zu können, dachte er mit einem schiefen Grinsen.

Sturmflut: Ein Fall für Suna Lürssen

Plötzlich richtete er sich interessiert auf. Am Haus tat sich etwas.

Er nahm den Feldstecher und richtete ihn direkt auf die Tür. So konnte er die Gesichter der heraustretenden Männer gut erkennen. Wieder kamen alle sechzehn ins Freie, und wieder war Sébastien oder Lukas, wie er sich jetzt vielleicht nannte, nicht unter ihnen. Wie schon einige Stunden zuvor ordneten sie sich im Kreis zur Meditation an.

Lobinski überlegte ein paar Sekunden, dann fasste er einen Entschluss. Er hoffte, dass die Meditation ähnlich ablief wie am Morgen – und ähnlich lange dauerte. Er machte ein paar vorsichtige Schritte nach hinten in den Wald hinein, umrundete dann das Areal ein Stück weit und schlich sich von der Rückseite an das Haupthaus heran. Es war L-förmig gebaut, und im kürzeren der beiden Flügel erblickte er eine Treppe, die zu einer grau gestrichenen Kellertür führte. Offenbar wurde die Tür häufig benutzt, denn zahlreiche Fußspuren führten von ihr in verschiedene Richtungen und zurück. Umso besser, dann würden seine eigenen Spuren kaum auffallen, dachte Lobinski zufrieden.

Sich aufmerksam umblickend und auf jedes Geräusch lauschend lief er zur Treppe, schlich die Stufen hinunter und legte die Hand auf die Türklinke. Verwundert schüttelte er den Kopf, als sie sich ganz leicht herunterdrücken ließ. Von den strengen Sicherheitsvorkehrungen, von denen Gramser der Familie Lemarchant berichtet hatte, war nichts zu entdecken.

Er öffnete die Tür.

Sie quietschte leise, und sofort hielt er inne und lauschte. Als er nichts hörte, atmete er erleichtert auf. Im Haus schien niemand zu sein, und das Quietschen war nicht laut genug, dass es die Männer auf der anderen Seite des Hauses hören konnten.

Vorsichtig betrat er den ersten Kellerraum und sah sich aufmerksam um. Die Luft roch feucht und muffig. Auf zahlreichen Regalen waren eingekochtes Obst und Gemüse in Gläsern fein säuberlich in Reihen aufgestellt, von der Decke baumelten Schinken, und große Kisten mit Kartoffeln und Äpfeln standen auf dem Boden.

»Hier sieht es ja aus wie im Keller von meiner Oma«, murmelte er beinahe unhörbar und grinste. Das Quartier einer gefährlichen Sekte hatte er sich anders vorgestellt. Die zweite Tür in dem Raum führte in einen langen Flur. Leise schlich Lobinski den Gang entlang und sah in alle angrenzenden Räume.

Er war davon überzeugt, dass jemand, den die Sekte verstecken wollte, eigentlich nur im Keller gefangen gehalten werden konnte. Doch er entdeckte nichts. Außer Vorräten, ein paar Decken und einigen alten Möbeln war in den Räumen nichts zu finden.

Daher beschloss der Detektiv, das Erdgeschoss und das obere Stockwerk des Hauses noch genauer unter die Lupe zu nehmen. Leise lief er die schmale Treppe nach oben und öffnete die Tür einen Spaltbreit. Vorsichtig spähte er in den Flur dahinter. Auch er schien leer zu sein.

Das Innere des Hauses wirkte ähnlich einfach wie die Fassade. Auf dem Fußboden lagen gebrannte Tonfliesen, die weißen Wände würden nur durch vier Türen aus Kiefernholz unterbrochen. Weder Möbel noch Bilder oder andere Dekorationsgegenstände, die eine wohnlichere Atmosphäre geschaffen hätten, waren zu sehen.

Lobinski schob sich durch die Tür und drückte sie langsam zu. Doch plötzlich blieb er abrupt stehen.

Direkt vor ihm kam ein schmächtiger Junge von vielleicht achtzehn oder neunzehn Jahren mit asiatischem Aussehen durch die Tür, die schräg gegenüberlag und hinter der Lobinski die Küche vermutete.

Der Junge trug die gleiche, einfach geschnittene blassblaue Kleidung, die auch die anderen Mitglieder der Gemeinschaft unter ihren dicken Jacken angehabt hatten. Er hielt eine dampfende Tasse Tee in der Hand, hatte einen dicken Schal um den Hals gebunden und wirkte ziemlich elend. Kein Wunder, dass er nicht mit den anderen draußen ist, schoss es dem Privatdetektiv durch den Kopf. Eine ordentliche Grippe schien ihn erwischt zu haben.

Als der Junge den anderen Mann entdeckte, blieb er wie erstarrt stehen und sah ihn mit vor Schreck weit aufgerissenen Augen an. Sein Mund öffnete sich leicht, aber er brachte keinen Ton hervor.

Lobinski überlegte blitzschnell. Mit ziemlich hoher Wahrscheinlichkeit war der Junge außer ihm die einzige Person im Haus. Es wäre sicher ein Kinderspiel, ihn zu überwältigen. Mit großer Gegenwehr war bei seiner Statur nicht zu rechnen, schon gar nicht in dem elenden Zustand, in dem er sich momentan befand. Die einzige Gefahr bestand darin, dass es dem Jungen gelang, die anderen durch einen Schrei auf sich aufmerksam zu machen. Mit der ganzen Truppe konnte es Lobinski auf keinen Fall aufnehmen.

Er machte sich bereit, sich auf den Jungen zu stürzen.

Dieser blieb einfach stehen und starrte ihn weiterhin an. In seinen Augen mischten sich Angst und Unsicherheit.

Er wusste selbst nicht, was es war, doch irgendetwas in seiner Miene brachte Lobinski zum Umdenken. Der Junge ist bestimmt kein eiskalter Kidnapper, schoss es ihm durch den Kopf. Wenn überhaupt, ist er eher auch ein Opfer. Vielleicht gelang es ihm, ihn als Verbündeten zu gewinnen.

Anstatt seinen Plan in die Tat umzusetzen, streckte der Detektiv beschwichtigend beide Hände nach vorn.

»Ich tue dir nichts. Du brauchst keine Angst zu haben«, versicherte er ihm mit ruhiger Stimme. »Ich suche nur jemanden. Vielleicht kannst du mir helfen.«

Merkwürdigerweise reagierte der Junge überhaupt nicht auf seine Worte. Er starrte ihn nur weiterhin an, als hätte er überhaupt nichts verstanden.

Vielleicht hat er das wirklich nicht, fiel es dem Privatdetektiv ein. Er hatte angenommen, bei den *Söhnen der Erde* handele es sich um eine deutsche Sekte, daher hatte er automatisch deutsch gesprochen. Möglicherweise war es aber eine internationale Gemeinschaft.

Er wiederholte seine Worte also noch einmal in seinem bestmöglichen Schulenglisch. Diesmal schien er erfolgreicher zu sein.

Der Junge löste sich aus seiner Erstarrung, wenn auch das Misstrauen in seiner Miene noch nicht erlosch. »Nach wem suchen Sie?«, gab er in gebrochenem Englisch zurück, das fast noch schlechter war als Lobinskis.

Der Privatdetektiv zog den Abzug des Fotos aus der Tasche, das den angeblichen Sébastien auf Sylt zeigte. »Das ist Lukas. Vielleicht benutzt er aber auch inzwischen einen anderen Namen. Er soll hier bei euch leben. Kennst du ihn?«, versuchte er möglichst verständlich zu erklären.

Der asiatische Junge verlor langsam seine Scheu. Vorsichtig machte er einen Schritt auf den fremden Mann zu und nahm ihm das Foto aus der Hand, um es sich genau anzusehen. Dann blickte er zu Lobinski hoch und schüttelte den Kopf. Dabei murmelte er ein paar für ihn unverständliche Worte.

Plötzlich bewegte er sich aber rasch von Lobinski weg und steuerte die Haustür an.

»Nein«, stieß der Privatdetektiv gepresst hervor. Er versuchte den Jungen zu erreichen und zurückzureißen, aber er kam zu spät. Noch bevor er ihn am Arm packen konnte, hatte der Junge die Tür schon geöffnet und rief etwas hinaus. In Lobinskis Ohren klang es wie eine Mischung aus Plattdeutsch und Englisch, aber vermutlich handelte es sich um Norwegisch.

Er ließ sich geschafft gegen die Wand fallen und schloss kurz die Augen. Der Schuss ging wohl nach hinten los. Jetzt konnte er nur noch abwarten, was die Sektenmitglieder mit ihm machen würden.

Als er die Augen wieder öffnete, sah er durch die halb offenstehende Tür, dass alle sich von ihren Matten erhoben hatten und wie ein Rudel Wölfe auf ihn zukamen. Wieder sagte der asiatische Junge etwas und streckte den anderen das Bild von Sébastien hin.

Erstaunt beobachtete Lobinski, dass die anderen Sektenmitglieder anscheinend keineswegs vorhatten, sich sofort auf ihn zu stürzen. Stattdessen umringten sie den Jungen und murmelten aufgeregt durcheinander. Ihre neugierigen Blicke wechselten zwischen dem Foto und ihrem ungebetenen Besucher hin und her.

Der Mann, den er von Anfang an für den Anführer der Gruppe gehalten hatte, ergriff das Wort. Er war hager und hatte dichtes, graues Haar. Über der strengen Hakennase blitzten grüne, hellwache Augen.

»Sie suchen diesen Jungen? Warum? Was wollen Sie von ihm?«, fragte er in fließendem Englisch.

»Seine Familie sucht ihn. Er ist schon sehr lange von zuhause weg und seine Eltern machen sich Sorgen um ihn. Er soll gar nicht unbedingt nach Hause kommen, sondern sie wollen nur wissen, dass es ihm gut geht.« Wieder bemühte sich Lobinski, halbwegs verständliches Englisch hervorzubringen.

Als der Anführer bemerkte, wie schwer ihm das fiel, lachte er kurz auf und wechselte mühelos ins Deutsche. Seine Sprache war fast akzentfrei, als er fortfuhr: »Und Sie glauben, er hält sich bei uns auf? Wie kommen Sie darauf?«

»Jemand ist der Meinung, ihn noch vor ein paar Tagen hier gesehen zu haben«, antwortete der Privatdetektiv vage.

Der Anführer richtete seinen Blick noch einmal nachdenklich auf das Foto, doch dann schüttelte er den Kopf. »Wir würden Ihnen sehr gern weiterhelfen, aber ich bin mir sicher, dass der junge Mann nie hier gewesen ist. Auch von den anderen kennt ihn keiner. Ihr Zeuge muss sich irren, auch wenn ich mir kaum vorstellen kann, wie es dazu gekommen ist. Sie sehen ja selbst, dass keiner von uns dem Mann auf dem Bild auch nur ansatzweise ähnlich sieht. Und in der letzten Zeit hat uns keines unserer

Mitglieder verlassen.« Er machte eine ausholende Geste. »Aber wenn Sie möchten, können Sie sich gern selbst davon überzeugen. Wir haben nichts zu verbergen.«

Lobinski musterte den Mann noch einmal nachdenklich. Dann verzog sich sein Gesicht zu einem Lächeln. »Ich denke, das wird nicht nötig sein. Ich glaube Ihnen. Und bitte entschuldigen Sie, dass ich Sie so überfallen habe.«

»Ist schon in Ordnung.« Die Augen des Anführers blitzten schelmisch auf. »Aber beim nächsten Mal, wenn Sie uns einen Besuch abstatten möchten, klopfen Sie doch einfach an unsere Tür.«

\*

Nachdem Suna endlich wieder in Westerland angekommen war, beschloss sie, nur schnell ihren Computer aus dem Hinterzimmer des Hynsteblom zu holen und sich dann in die Wohnung von Fenjas Freundin zurückzuziehen, in der sie vorübergehend logierte. Nicht nur das frühe Aufstehen hatte sie geschafft, auch die Rückfahrt aus Hannover war sehr anstrengend gewesen. Eigentlich fuhr sie ganz gern Auto, aber mehr als neun Stunden an einem Tag waren auch für sie etwas zu viel.

Sowohl Fenja als auch Carolin waren gerade mit der Beratung von Kunden beschäftigt, als sie den Laden betrat. Daher nickte sie den beiden nur kurz zu, holte ihre Sachen und verschwand gleich wieder, ohne Bericht von ihrem Besuch bei Marks Pflegemutter zu erstatten. Das konnte sie auch nach Ladenschluss in Ruhe erledigen.

Als Ausgleich für ihre Kaffeeüberdosis holte sie sich eine Familienpackung Vanilleeis aus dem Gefrierfach, die sie am Vortag zusammen mit ein paar anderen Lebensmitteln im Supermarkt besorgt hatte. Zufrieden setzte sich an ihren Computer und begann zu löffeln. Dabei kam ihr der Gedanke, dass es für ihren Exmann Robert ein Riesenaufreger gewesen wäre, dass sie das Eis direkt aus der Packung aß. Sie grinste und genoss es umso mehr.

Nebenbei ging sie die E-Mails durch, die im Lauf des Tages bei ihr eingegangen waren. Von Kobo war nichts dabei, aber das hatte sie auch nicht erwartet. Er telefonierte lieber, als irgendetwas zu tippen. Dafür war auf Rebecca wie immer Verlass. Sie hatte am Vormittag den Unfallbericht geschickt.

*Schweinische Witze – Vorsicht, hochkriminell!* stand in der Betreffzeile. Suna schüttelte lachend den Kopf. Das war typisch Rebeccas Humor.

Nach dem üblichen Prozedere, die Datei zu speichern und die Mail zu löschen, begann Suna mit der Lektüre. Der Bericht bestätigte alles, was sie bereits über den Hergang des Unfalls wusste. Es war weder Absicht im Spiel gewesen noch Alkohol oder Drogen. Nur die leicht überhöhte Geschwindigkeit in Kombination mit einem kleinen Moment der Unaufmerksamkeit hatte ausgereicht, das Leben von drei Menschen auszulöschen. Suna schauderte bei dem Gedanken daran, wie schnell so etwas jedem passieren konnte, der mit dem Auto unterwegs war.

Als sie knapp zwei Drittel des Vanilleeises vertilgt hatte, streikte ihr Magen. Deshalb stellte sie die Packung zurück ins Gefrierfach und warf einen Blick auf ihre

Sturmflut: Ein Fall für Suna Lürssen

Armbanduhr. Noch war es nicht zu spät für einen unangekündigten Besuch, entschied sie. Wolfram Köhne, der Unfallverursacher, war zwar vor einem halben Jahr gestorben, aber seine Witwe lebte nur ein paar Straßen weiter. Vielleicht hatte sie noch etwas zu dem Unfall beizusteuern, von dem Suna noch nichts ahnte.

Mit einer dicken Jacke und einem Strickschal ausgestattet, der lang genug war, um ihn vier oder fünf Mal um Hals und Kopf zu wickeln, machte Suna sich auf den Weg. Trotz des immer stärker werdenden Windes und des dunkelgrau verhangenen Himmels genoss sie den Fußmarsch durch die Straßen von Westerland. Die kleine Stadt war nicht unbedingt als schön zu bezeichnen, aber die salzige Luft, der Geruch des nahen Meeres und die vereinzelt zu ihr hinüberdringenden Schreie der Möwen verliehen ihr eine ganz besondere Atmosphäre.

Evelyn Köhne lebte in einem wenig ansehnlichen Mehrfamilienhaus am Rand von Westerland. Die Fassade hätte dringend einen neuen Anstrich nötig gehabt, und die erfrorenen Sommerblumen in den Balkonkästen unterstrichen den tristen Eindruck noch, den die gesamte Wohnanlage machte.

Suna drückte auf den Klingelknopf, neben dem ein Schild mit dem Namen *E. Köhne* angebracht war. Er befand sich ganz oben, daher ging sie davon aus, dass das Apartment der Witwe direkt unter dem Dach lag.

Es dauerte mehr als eine Minute, bis sich knisternd die Sprechanlage meldete.

»Ja, bitte?«, drang eine verzerrte Stimme aus dem Lautsprecher.

»Paket für Sie«, gab Suna ausdruckslos zurück. Sie hatte keine Lust, schon an der Haustür abgewimmelt zu werden.

Anstelle einer Antwort plärrte der Summer der Haustür, ein sehr unangenehmes Geräusch. Suna verzog das Gesicht zu einer Grimasse, drückte die Tür auf und lief die Stufen hinauf. Einen Aufzug gab es nicht, aber bei dem Zustand, in dem sich das Treppenhaus befand, hätte Suna ihn auch eher gemieden. Auf der Treppe konnte sie wenigstens nicht stecken bleiben.

Als sie das oberste Stockwerk erreichte, sah sie, dass eine der beiden Türen schon einen Spaltbreit offen stand. Eine Frau mit faltigem Gesicht und kurz geschnittenen grauen Haaren blickte ihr misstrauisch entgegen.

»Frau Köhne?«, fragte Suna freundlich und bemühte sich, die Frau nicht zu auffällig zu mustern. Aus der Akte über den Unfall wusste sie, dass die Witwe von Wolfram Köhne Mitte fünfzig sein musste. Sie sah aber mindestens zehn Jahre älter aus.

»Das bin ich. Sie haben ein Paket für mich?« Das Misstrauen in den braunen Augen der Frau verstärkte sich.

Vielleicht hätte ich einen leeren Karton mitbringen sollen, schoss es Suna durch den Kopf. Sie lächelte breit. »Äh – nein, leider nicht. Das war eine kleine Notlüge«, gab sie offen zu. »Ich bin hier, weil ich gern mit Ihnen sprechen würde. Haben Sie einen Augenblick Zeit für mich?«

Frau Köhnes Miene versteinerte sich augenblicklich. »Ich wüsste nicht, worüber ich mit Ihnen reden sollte«, zischte sie.

»Es geht um die Ereignisse von vierzehn Jahren, um den Unfall.«

In diesem Moment öffnete sich die Tür gegenüber, und ein weißhaariger Mann mit gebeugter Haltung lugte neugierig ins Treppenhaus. Suna war sich sicher, dass er das Wort *Unfall* gerade noch verstanden haben musste.

»Sie können wieder reingehen, Herr Teschner, hier gibt es nichts zu sehen«, schnauzte Frau Köhne ihn an, doch der Alte rührte sich nicht. Interessiert wartete er ab, was weiter passieren würde.

Die Witwe wandte sich genervt an Suna. »Kommen Sie rein. Hier draußen sind mir zu viele Ohren unterwegs«, meinte sie und öffnete die Tür etwas weiter, damit Suna eintreten konnte. Dann drückte sie die Tür energisch zu.

Suna bedankte sich im Stillen bei dem neugierigen Nachbarn und folgte der Frau in die kleine, extrem ordentliche Küche. Während sie sich unauffällig umsah, musste sie beschämt zugeben, dass es bei ihr zuhause wahrscheinlich noch nie so aufgeräumt ausgesehen hatte. Jedes Glas und jeder Teller stand genau auf seinem Platz, die Geschirrtücher hingen gebügelt und in fast militärischer Ordentlichkeit gefaltet über einer Stange, und sogar das Obst im Obstkorb schien nach Farben geordnet worden zu sein. Mit Erstaunen registrierte sie, dass Frau Köhne auch die Küchentür schloss. Wahrscheinlich traut sie dem Alten sogar zu, dass er draußen sein Ohr an die Wohnungstür drückt, um zu lauschen, dachte Suna und unterdrückte ein belustigtes Grinsen.

Die Witwe bot der Detektivin keinen Platz an, sondern ließ sie einfach im Raum stehen, lehnte sich selbst an die Arbeitsplatte und sah sie kühl an.

»Entschuldigen Sie, aber der alte Teschner geht mir mit seiner Neugier gewaltig auf den Keks«, sagte sie grimmig. »Also, was wollen Sie von mir?«

»Meine Name ist Suna Lürssen. Ich bin private Ermittlerin. Fenja Sangaard hat mich beauftragt, mehr über den Tod von Mark Sennemann herauszufinden. Sie haben sicher gehört, was passiert ist.«

»Wer hat das nicht?«, unterbrach Evelyn Köhne sie unwirsch. »Ich kenne Fenja schon lange, und glauben Sie mir, ich war wirklich geschockt über das, was ich da lesen musste. Ich habe schon gehört, dass Sie hier überall herumschnüffeln. Ich weiß nicht, was ich befremdlicher finde, das, was an diesem Abend passiert ist, oder dass Fenja Sie engagiert hat.«

»Kannten Sie Mark Sennemann?«, hakte Suna ungerührt nach. Sie war solche persönlichen Angriffe gewohnt und versuchte, sie möglichst unbeeindruckt an sich abprallen zu lassen.

»Meinen Sie, ob ich ihn jetzt in den letzten Monaten getroffen habe, oder ob ich weiß, dass er der Junge war, der damals den Unfall überlebt hat?« Sie lachte höhnisch auf. »Beides.«

Suna war verblüfft über die plötzliche Offenheit der Frau. »Da scheinen Sie aber so ziemlich die Einzige zu sein, die den Zusammenhang hergestellt hat«, meinte sie.

Frau Köhne lehnte sich zurück und sah die Detektivin nachdenklich an. Sie schien sehr auf ihre Wortwahl zu achten, als sie langsam weitersprach. »Damals wurde der

Name der verunglückten Familie nicht an die Medien gegeben, um den Jungen vor dem ganzen Trubel zu schützen, aber natürlich habe ich ihn im Prozess gegen meinen Mann erfahren. Als ich dann gehört habe, dass drüben in der Agentur von Holger Asmussen ein Mark Sennemann angefangen hat, habe ich mir meinen Teil dazu gedacht. Aber der Unfall hat nichts mit Marks Tod zu tun. Da muss etwas ganz anderes dahinterstecken.«

»Warum sind Sie da so sicher?«, fragte Suna skeptisch.

Evelyn Köhne verschränkte die Arme vor der Brust. Um ihren Mund zeigte sich ein trotziger Zug. »Hören Sie, der Unfall damals hat schon genug Leid und Schmerz über zwei Familien gebracht. Die Sennemanns sind tot, und mein Mann ist tot. Lassen Sie es damit doch einfach auf sich bewenden.«

»Das kann ich nicht.« Suna sah ihr Gegenüber abschätzend an. Sie konnte nicht genau sagen, welche Gefühle sich im Gesicht der anderen spiegelten. Schmerz? Trauer? Oder Angst?

»Sie haben doch gesagt, dass Sie Fenja gut kennen«, fuhr sie fort. »Ich weiß, dass Sie und Ihr Mann gute Bekannte ihrer Eltern waren. Sie waren sogar befreundet, wie ich gehört habe. Ist es Ihnen egal, wie es ihr geht? Sie kann sich an nichts erinnern und wird fast verrückt, weil sie nicht weiß, was wirklich passiert ist. Was meinen Sie, wie es Ihnen an ihrer Stelle ginge?«

Die Witwe presste fest die Lippen aufeinander und senkte den Blick. »Ich würde Fenja wirklich gern helfen«, fuhr sie nach einer Weile mit brüchiger Stimme fort, »aber das kann ich nicht. Ich habe es ernst gemeint, als ich gesagt habe, dass der Unfall nichts mit Marks Tod zu tun haben kann.«

»Woher wollen Sie das wissen? Finden Sie es nicht merkwürdig, dass ein Mann, der seine ganze Familie verliert, ausgerechnet an den Ort des Unfalls zurückkehrt und dort lebt, als wäre nichts gewesen?« Suna hatte lauter gesprochen, als sie es eigentlich beabsichtigt hatte. Langsam verlor sie die Geduld.

Frau Köhne schien es ähnlich zu gehen. »Ich habe nie behauptet, dass Mark zufällig nach Westerland gezogen ist«, gab sie scharf zurück.

Suna machte eine beschwichtigende Geste. »Entschuldigung, das war nicht so gemeint. Ich wollte Sie ganz bestimmt nicht anschreien. Aber ich verstehe nicht, was Sie mir jetzt eigentlich sagen wollen.«

»Ich bin im Moment wohl auch ein bisschen dünnhäutig.« Die Witwe lächelte versöhnlich. »Und es ist auch nicht so einfach zu erklären. Wissen Sie, nach dem Unfall hatten mein Mann und ich eine schwere Zeit. Erst kam der Prozess, und dann fing mein Mann an, sich zu verändern. Er ist mit dem, was er getan hat, nicht klargekommen. Immer öfter hat er sein schlechtes Gewissen mit Alkohol zu verdrängen versucht. Erst hat er seinen Führerschein verloren, dann sind uns die Kunden weggerannt, und am Ende mussten wir Konkurs anmelden und das Haus verkaufen. Wir hatten mal ein schönes Häuschen mit Garten, eine gut gehende Firma, eine glückliche Ehe.« Sie wies auf die altmodische Kücheneinrichtung. »Und das ist alles, was mir geblieben ist.«

»Wie ist Ihr Mann gestorben?«, erkundigte Suna sich vorsichtig.

Frau Köhne lachte spöttisch auf. »Der Teufel Alkohol hat ihn sich geholt. Mein Mann ist ganz langsam an seiner Sauferei zugrunde gegangen, und mir blieb nichts anderes übrig, als ihm dabei zuzusehen. Aber manchmal denke ich, eigentlich ist er auch schon bei dem Unfall gestorben. Ich sagte ja, dieser eine Augenblick hat zwei Familien zerstört.«

»Und was war mit Mark Sennemann?«

»Kurz, nachdem ich gehört hatte, dass er hergezogen ist, habe ich ihn zufällig gesehen. Er stand hinter einer Hausecke und hat mich beobachtet, wie ich meinen Mann ins Auto bugsiert habe, um ihn zum Arzt zu fahren. Natürlich habe ich nicht gewusst, wer er ist, aber ich konnte es mir denken. In der nächsten Zeit ist er mir immer wieder aufgefallen. Er hat sich nicht mehr die Mühe gemacht, sich zu verstecken, wenn er uns beobachtet hat. Also habe ich ihn irgendwann einfach direkt angesprochen.«

Suna richtete sich interessiert auf. »Was haben Sie ihm gesagt?«

»Ich habe ihn gefragt, ob er derjenige ist, für den ich ihn halte. Nachdem er mir das bestätigt hatte, wollte er wissen, was mit meinem Mann los sei. Also habe ich ihm erzählt, dass er mit den Folgen des Unfalls nicht klarkommt und sich langsam zu Tode säuft. Und wollen Sie wissen, was er geantwortet hat?«

Suna nickte, sagte aber nichts.

»Er hat geantwortet, also gäbe es wohl doch einen Gott, der für Gerechtigkeit sorgt.« Die Verbitterung in

Evelyns Stimme war nicht zu überhören. »Danach hat er uns nicht mehr nachspioniert.«

Suna runzelte die Stirn. »Das klingt aber überhaupt nicht danach, dass Mark Ihrem Mann verziehen hat«, wandte sie ein.

»Damals wohl noch nicht.« Eine Zeit lang blickte die Witwe geistesabwesend zur Seite, und Suna fragte sich, ob sie überhaupt noch von ihrer Anwesenheit Notiz nahm. Es dauerte mehr als eine Minute, bis sie endlich weitersprach.

»Ein paar Tage nach der Beerdigung stand Mark plötzlich vor meiner Tür. Ich war völlig überrascht. Mit ihm hatte ich natürlich überhaupt nicht gerechnet. Ich muss sogar zugeben, dass ich ein ganz mulmiges Gefühl dabei hatte, ihn in meine Wohnung zu lassen, weil ich befürchtet habe, dass er mir sagt, wie sehr es ihn freut, dass mein Mann endlich tot ist.«

»Aber das hat er nicht?«, vermutete Suna.

»Nein. Er hat mir gesagt, dass ihm der Tod meines Mannes sehr nahe gegangen ist. Er hätte jetzt erst verstanden, dass auch er ein Opfer des Unfalls geworden ist.« Evelyn lächelte traurig. »Und glauben Sie mir, das war der Kondolenzbesuch, der mir mit Abstand am meisten bedeutet hat.«

*

Unschlüssig hielt Daniel Lemarchant sein Telefon in der Hand. Momentan fürchtete er sich vor jedem Gespräch mit seinen Eltern, aber er wusste, dass es nichts

Sturmflut: Ein Fall für Suna Lürssen

brachte, es aufzuschieben. Schließlich wählte er eine Nummer und wartete.

Es dauerte nur wenige Sekunden, bis seine Mutter abhob.

»Hallo Maman. Ich bin's, Daniel.«

»Daniel!«, Ihre Stimme klang erfreut. »Bist du endlich zurück?«

Sein Gewissen meldete sich. Er hatte seinen Eltern erzählt, ein paar geschäftliche Termine in Deutschland zu haben. In gewisser Weise stimmte das ja sogar, redete er sich selbst ein. Immerhin war er eine geschäftliche Verbindung mit Lobinski eingegangen. Was genau er mit dem Privatermittler vereinbart hatte, durften seine Eltern natürlich nicht erfahren. Seine Mutter würde wahrscheinlich nie wieder ein Wort mit ihm sprechen, wenn sie mitbekäme, was er gerade eingefädelt hatte. Zu groß war ihre Angst, dass etwas schiefgehen könnte.

Zum Glück hatte er sein eigenes Unternehmen gegründet, anstatt ins Management der Bank seiner Familie einzusteigen, wie seine Eltern das gern gesehen hätten. So war er anderen über seine Termine keine Rechenschaft schuldig.

»Ein paar Tage muss ich leider noch in Deutschland bleiben«, beantwortete er die Frage seiner Mutter. »Aber ich komme sobald wie möglich nach Lausanne zurück.«

»Du solltest jetzt hier sein. Wir können jederzeit etwas Neues über Sébastien erfahren, und ich finde, da solltest du bei uns sein.«

Beim vorwurfsvollen Klang ihrer Stimme schloss er genervt die Augen und atmete einmal tief durch, um die Ruhe zu bewahren.

113

»Deshalb rufe ich ja an«, gab er mit fester Stimme zurück. »Ich wollte hören, ob ihr Neuigkeiten habt. Außerdem weißt du doch, dass ich mein Telefon Tag und Nacht eingeschaltet habe. Du kannst mich jederzeit erreichen, wenn dieser Privatdetektiv Sébastien wirklich findet. Du weißt, ich würde sofort alles stehen und liegen lassen und an jeden Ort der Welt fliegen, wenn sich herausstellt, dass Sébastien tatsächlich noch lebt.«

»Ich kann immer noch nicht glauben, dass du daran zweifelst.«

»Und ich kann immer noch nicht glauben, dass du diesem Schnüffler so blind vertraust, und das nur wegen ein paar Fotos.«

Sofort, nachdem er den Satz ausgesprochen hatte, bereute er es auch schon, aber es war zu spät.

»Dieser Schnüffler« – sie zog das Wort extrem in die Länge – »hat immerhin herausgefunden, dass dein Bruder nicht mehr in Norwegen ist. Die Sekte hat ihn inzwischen nach Thailand gebracht, und zwei Mitarbeiter dieses Schnüfflers befinden sich bereits auf dem Weg dorthin. Aber das scheint dich ja nicht wirklich zu interessieren.«

»Maman, bitte ...«, setzte Daniel an, doch seine Mutter ließ ihn gar nicht erst zu Wort kommen.

»Weißt du, was ich manchmal glaube? Ich glaube manchmal, es interessiert dich gar nicht, ob Sébastien noch lebt. Dir geht es doch gut als alleiniger Sohn der Lemarchants.«

»Bitte Maman, du weißt genau, dass es nicht so ist.«

»Ganz im Gegenteil«, keifte sie weiter. »Du bist wahrscheinlich ganz froh, wenn er niemals gefunden wird. Dann gehört unser gesamtes Erbe dir und du brauchst mit niemandem zu teilen. Und vorher bekommst du ja auch noch Sébastiens Treuhandfonds.«

»Du weißt genau, dass mir das Geld nichts bedeutet. Ich bin weder auf Sébastiens Treuhandfonds noch auf sein Erbe angewiesen. Ich habe meinen eigenen Treuhandfonds von Grandmère und Grandpère bekommen, und ich verdiene selbst gut mit meiner Firma. Das, was du sagst, ist nicht fair.« Er war jetzt selbst laut geworden.

Seine Mutter sagte nichts mehr. Er hörte nur noch ihr leises Schluchzen.

»Bitte ruf mich an, Maman, wenn es irgendetwas Neues gibt, ja? Ansonsten melde ich mich morgen wieder.«

Wieder kam keine Antwort. Nur ein leises Klicken in der Leitung gab ihm zu verstehen, dass seine Mutter aufgelegt hatte.

Er fuhr sich mit der Hand durch die Haare und legte das Telefon auf den Tisch. Dann blickte er starr aus dem Fenster seines Hamburger Hotelzimmers. Von hier hatte er einen schönen Blick auf die Außenalster, an der trotz des ungemütlichen Wetters einige Jogger und ein paar Hundebesitzer mit ihren Vierbeinern an der Leine unterwegs waren.

Früher haben Sébastien und ich uns auch einen Hund gewünscht, dachte er traurig. Sie hatten sich furchtbar ungerecht behandelt gefühlt, weil ihre Eltern ihnen diesen Wunsch nicht erfüllt hatten. Dabei konnte er sich wirklich nicht beschweren. Bis zu der Entführung war seine Kindheit nahezu perfekt gewesen. Es war genau die richtige Mischung aus Schutz, Geborgenheit und Freiheit gewesen, in der die beiden Brüder aufgewachsen waren.

Doch nachdem Sébastien auch nach der Zahlung des Lösegeldes verschwunden geblieben war, hatte sich alles geändert. In den ersten Wochen hatten alle so unter Schock gestanden, dass ein normales Leben gar nicht mehr möglich schien. Die Hoffnung, dass sein Bruder doch noch lebend gefunden werden würde, hatte sich mit der Angst gemischt, ihn für immer verloren zu haben – und mit unbändiger Wut auf die Männer, die das alles verschuldet hatten.

Irgendwann hatte seine Eltern eine tiefe Resignation erfasst, aber in Daniel selbst war der Kampfgeist erwacht. Sébastien war weg, und er vermisste ihn mehr, als er jemals für möglich gehalten hätte, aber trotzdem wollte er weiterleben.

Sein Vater hatte dafür auch in gewisser Weise Verständnis aufgebracht, aber mit seiner Mutter war es seit der Entführung immer schwieriger geworden. Sie hatte ständig geschwankt zwischen völliger Überbehütung einerseits und unterschwelligen Vorwürfen andererseits. Sie wollte nicht auch noch ihren älteren Sohn verlieren, aber sie schaffte es nicht, ihm zu vergeben. Schließlich war Daniel bei der Entführung dabei gewesen und hatte Sébastien nicht geholfen.

Allerdings hatte sie erst jetzt, seitdem Gramser ihnen das Foto dieses Jungen präsentiert hatte, die Vorwürfe mehrere Male auch offen ausgesprochen.

Das Summen seines Handys auf dem Tisch riss ihn aus seinen düsteren Gedanken. Das Display zeigte Lobinskis Nummer an.

Sofort nahm er das Gespräch an.

»Hallo Herr Lemarchant, hier ist Lobinski«, meldet sich der Privatdetektiv. »Ich wollte Ihnen einen kurzen Zwischenbericht abliefern, erst einmal am Telefon. Den schriftlichen Bericht bekommen Sie dann später. Ich dachte mir, dass Sie bestimmt wissen wollen, was ich bisher herausgefunden habe.«

»Haben Sie schon erste Ergebnisse?«, fragte Daniel überrascht.

»In gewisser Weise schon. Ich bin immer noch in Norwegen, in Kristiansand, fliege aber heute Abend noch zurück. Ich habe mich gründlich über die Sekte schlaugemacht, diese *Söhne der Erde* auf Kelkoya. Dafür war ich natürlich selbst auf der Insel, danach habe ich mich dann noch bei den Leuten in der Umgebung umgehört, also auf den Nachbarinseln und dem Festland. Ich denke, jetzt habe ich von dem Verein ein ganz stimmiges Bild.«

»Und das wäre?«, hakte Daniel nach. Er war beeindruckt, was der Detektiv in der kurzen Zeit seit Erteilung des Auftrags schon geleistet hatte.

»Meiner Meinung nach handelt es sich bei den *Söhnen der Erde* weder um eine fanatische Sekte noch um eine paramilitärische Organisation, sondern schlicht um eine Gemeinschaft von Aussteigern, die regelmäßig meditieren, selbst ihr Obst und Gemüse anbauen und ein paar Tiere halten. Übrigens schotten sie sich auf ihrer Insel keineswegs so ab, wie Gramser behauptet hat. Ihr Hof ist nicht streng bewacht, und ab und zu verlassen sie ihn auch, um auf den Märkten in der Nähe ihre Produkte zu verkaufen. Ich hatte nicht den Eindruck, dass auch nur einer von ihnen gegen seinen Willen dort festgehalten wird. Um es auf den Punkt zu bringen: Ich denke, das sind einfach ein paar harmlose Spinner.«

Daniel zog nachdenklich seine Unterlippe zwischen die Zähne. »Und was ist mit meinem Bruder?«

»Leider Fehlanzeige. Ich habe sein Foto herumgezeigt. Weder die Mitglieder dieser Gemeinschaft – Sekte möchte ich sie eigentlich gar nicht nennen – noch die Menschen auf dem Festland, die ich gefragt habe, konnten sich an ihn erinnern. Also wenn Sie mich fragen, ich bin mir fast hundertprozentig sicher, dass der junge Mann vom Foto niemals auf Kelkoya gewesen ist.«

Daniel nickte, obwohl Lobinski ihn natürlich nicht sehen konnte. Den Verdacht hatte er ja schon länger gehabt. Trotzdem spürte er die Enttäuschung, als sein letztes Fünkchen Hoffnung jetzt auch noch zerschlagen wurde. »Angeblich ist er inzwischen zu den *Söhnen der Erde* nach Thailand weitergereist«, gab er die Neuigkeiten seiner Mutter weiter.

»Und natürlich schickt Gramser gleich ein paar seiner Leute hinterher, die lange recherchieren und irgendwann feststellen, dass er inzwischen – sagen wir mal irgendwo in die Wildnis nach Kanada gebracht wurde.« Lobinskis Stimme triefte vor Sarkasmus. »Entschuldigen Sie, aber ich fürchte, Ihre Eltern werden hier wirklich schamlos ausgenommen.«

»Den Eindruck werde ich auch nicht mehr los«, bestätigte Daniel matt. »Aber trotzdem gibt es die Fotos von diesem Lukas. Irgendwo muss er ja sein. Und ich muss wissen, was dahintersteckt.«

»Ich bleibe auf jeden Fall dran«, versicherte Lobinski nachdrücklich. »Darauf können Sie sich verlassen.«

Nachdem sie das Gespräch beendet hatten, ging Daniel unruhig im Zimmer auf und ab. Er wollte endlich selbst etwas unternehmen, anstatt nur als untätiger Zuschauer abzuwarten, was passierte. Schließlich fasste er einen Entschluss: Früh am nächsten Morgen würde er selbst nach Sylt fahren. Vielleicht konnte er irgendetwas über den Mann auf dem Foto herausfinden.

*

Das Hynsteblom hatte schon geschlossen, als Suna von ihrem Besuch bei Evelyn Köhne zurückkehrte. Carolin war gerade dabei, die letzten Regale in Ordnung zu bringen, als Suna gegen den Glaseinsatz der Ladentür klopfte. Sofort schloss sie ihr auf, warf ihr jedoch wie immer einen unterkühlten Blick zu, als sie eintrat.

Fenja, die mit dem Zählen des Geldes in der Kasse beschäftigt war, blickte dagegen lächelnd hoch.

»Da bist du ja wieder. Wie war es in Hannover?«, wollte sie wissen, nachdem sie die letzten Geldscheine in die Kasse zurückgelegt hatte.

»Aufschlussreich«, gab Suna zurück. »Ich denke, mit der Familie, von der Mark immer gesprochen hat, hat er die Katridis gemeint. Und mit seinem Bruder meinte er wahrscheinlich nicht seinen leiblichen Bruder, der ja auch bei dem Unfall ums Leben gekommen ist, sondern seinen jüngeren Pflegebruder Jonas. Nach dem, was mir die Pflegemutter alles erzählt hat, hatten die beiden schon seit ihrer Kindheit ein sehr enges Verhältnis. Und sie standen sich bis zuletzt sehr nahe.«

»Jonas, stimmt, das muss er sein. Den Namen hat Mark häufig erwähnt«, nickte Fenja. Interessiert hörte sie Sunas ausführlichen Bericht über den Besuch bei Marks Pflegemutter an, ohne sie ein einziges Mal zu unterbrechen.

»Für die Katridis und für Jonas muss es ein unglaublicher Schock gewesen sein, als sie erfahren haben, was passiert ist«, bemerkte Fenja erschüttert. »Es tut mir alles so leid.«

»Jetzt hör endlich auf, dir Vorwürfe zu machen«, fuhr Carolin ihre Freundin heftig an. »Wie oft soll ich dir noch sagen, dass du keine Schuld hast?«

Suna zog erstaunt die Augenbrauen hoch. Sie verstand das Verhalten von Carolin immer weniger. Unwillkürlich stieg das Bild einer Löwenmutter, die ihre Jungen verteidigt, in ihr auf. Noch mehr erstaunte sie allerdings, als Carolin hinzufügte: »Außerdem habe ich die Pflegeeltern bei der Beerdigung gesehen. Ich nehme jedenfalls an, dass sie es waren. Gesprochen habe ich ja nicht mit ihnen. Mir machten sie nicht gerade den Eindruck, dass sie am Boden zerstört waren.«

»Naja, jeder geht eben anders mit seiner Trauer um«, wandte Suna ein. Sie war nach dem Gespräch mit Marks Pflegemutter felsenfest davon überzeugt, dass diese tief getroffen war. Das konnte unmöglich gespielt gewesen sein. Aber noch etwas anderes interessierte sie brennend.

»Du warst auf der Beerdigung?«, hakte sie nach. »Kannst du mir sagen, wen du dort noch gesehen hast?«

»So richtig war ich eigentlich auch nicht da«, schränkte Carolin sofort ein. Sie schien es schon zu bereuen, das Thema überhaupt angeschnitten zu haben. »Nach dem, was Mark gemacht hat, wollte ich eigentlich gar nicht hingehen, schon gar nicht allein. Fenja war ja zu der Zeit noch im Krankenhaus. Aber irgendwie war ich dann doch neugierig, wer von den Westerländern alles erscheint. Also bin ich am Friedhof langgelaufen und hab einfach mal über den Zaun geguckt, wer sich da so alles versammelt hat.«

»Und? Wen hast du gesehen?«, fragte Suna ungeduldig.

Carolin zuckte die Achseln. »Nicht viele. Außer dem Pfarrer eigentlich nur Holger Asmussen, Marks Pflegeeltern und Per Sunter, Marks Vermieter. Ach ja, und Evelyn Köhne war auch noch da. Das hat mich gewundert, weil ich gar nicht wusste, dass die beiden sich kennen. Damals hatte ich von dem Unfall ja noch keine Ahnung.«

»Evelyn Köhne war bei Marks Beerdigung?«, wiederholte Suna erstaunt. »Das ist ja interessant.«

Die Privatdetektivin wollte gerade von ihrem Gespräch mit der Witwe des Unfallverursachers erzählen, als sie vom Klingeln des Telefons gestört wurden. Es war der Festnetzanschluss des Hynsteblom.

»Immer im falschen Moment«, bemerkte Fenja, verdrehte grinsend die Augen und nahm das Gespräch an. »Souvenirshop Hynsteblom, Fenja Sangaard, hallo«, meldete sie sich freundlich.

Doch dann veränderte sich ihr Gesichtsausdruck schlagartig. Sie wurde blass und begann zu zittern. Ihr Atem ging unnatürlich schnell und stoßweise, während ihre weit aufgerissenen Augen ins Leere starrten. Das Telefon glitt ihr aus der Hand und schlug scheppernd auf dem Fußboden auf, doch sie reagierte überhaupt nicht darauf. Stattdessen begann sie leicht zu taumeln, als wäre ihr schwindlig.

»Oh mein Gott, Fenja, was hast du denn«, schrie Carolin ängstlich. Sie stürzte auf ihre Freundin zu und hielt sie an beiden Armen fest, damit sie nicht umfiel, während Suna das in mehrere Teile zersprungene Telefon aufhob.

»Fenja, sag doch was!«, rief Carolin mit schriller Stimme. »Was ist denn los?«

»Das ..., das ...«, stammelte Fenja. Sie presste ihre Hände an beide Seiten ihres Kopfes und schnappte laut hörbar nach Luft. »Das war Mark. Er hat mich angerufen«, stieß sie tonlos hervor.

Carolin sah sie verwirrt an. »Aber das kann doch gar nicht sein.«

»Es war seine Stimme«, beharrte Fenja. »Ich habe sie erkannt, ich bin mir ganz sicher.«

Suna hatte inzwischen das Telefon wieder zusammengesetzt. Beim Aufprall auf den Boden war der Akku herausgesprungen, aber das Gerät funktionierte noch. Schnell rief sie die Liste der angenommenen Anrufe ab, doch durch die Unterbrechung in der Stromversorgung war sie komplett gelöscht worden. Suna unterdrückte einen Fluch.

»Hast du die Nummer des Anrufers erkennen können?«, fragte sie behutsam.

Fenja sah sie mit starrem Blick an. Es dauerte fast eine Minute, bis sie den Kopf schüttelte. »War unterdrückt«, brachte sie mühsam hervor. Dann begann sie leise zu schluchzen. »Ihr haltet mich jetzt bestimmt für verrückt. Ich weiß ja selbst, dass Mark tot ist, und ich glaube auch nicht an Geister. Aber es war seine Stimme, da bin ich mir absolut sicher! Er hat gesagt: *Ich komme und hole dich.*«

»Natürlich bist du nicht verrückt.« Carolin strich ihrer Freundin tröstend über den Arm. »Aber vielleicht war es doch noch ein bisschen zu früh, den Laden jetzt schon wieder zu öffnen. Du weißt doch selbst, unter welchem enormen Stress du stehst. Da ist es doch nur normal, dass deine Fantasie dir einen bösen Streich spielt.«

»Nein«, unterbrach Suna sie scharf. »Lass dir bloß nicht einreden, Fenja, dass du seltsame Stimmen hörst, die es gar nicht gibt. Wir haben doch alle gehört, dass das Telefon wirklich geklingelt hat. Und ich glaube nicht, dass der Rest Einbildung war.«

»Aber Mark ist doch tot«, wimmerte Fenja. »Wie kann er mich dann anrufen?«

Suna fasste sie am Unterarm, drehte sie zu sich herum und sah ihr direkt in die Augen. »Das war sicher nicht Mark selber, sondern jemand, der irgendeine Aufzeichnung von seiner Stimme hat und sie missbraucht, verstehst du? Ich denke, hier will dich jemand systematisch fertigmachen, aber jetzt ist er eindeutig zu weit gegangen. Ich verspreche dir, ich werde herausfinden, wem du das alles zu verdanken hast.«

Sie zog ihr Handy aus der Tasche und wählte eine Nummer.

»Hey, Kobo, ich bin's, Suna«, sagte sie, nachdem der Angerufene sich gemeldet hatte. »Du musst mir ganz dringend einen Gefallen tun, ja? Ich gebe dir jetzt eine Festnetznummer durch, auf der vor zwei oder drei Minuten ein Gespräch eingegangen ist. Ich muss unbedingt wissen, wer der Anrufer war, und zwar so schnell es überhaupt nur geht.«

## Freitag, 15. Februar

Am nächsten Morgen war Suna schon sehr früh bei Fenja im Laden. Nach dem ominösen Anruf vom Abend zuvor machte sie sich Sorgen um ihre Auftraggeberin. Sie wollte sie nicht allein im Hynsteblom lassen, und da Carolin wegen eines Zahnarzttermins erst später kommen würde, hatte sie beschlossen, an diesem Vormittag im Hinterzimmer des Hynsteblom zu bleiben und im Internet ein paar Recherchen durchzuführen.

»Wie geht es dir?«, erkundigte sie sich fürsorglich, nachdem Fenja ihr aufgeschlossen hatte. Ihre Klientin sah wie erwartet blass und übernächtigt aus. Unter ihren Augen lagen dunkle Ringe, und ihre Wangen wirkten eingefallen.

Fenja winkte ab. »Es geht schon. Ich habe mich zwar vorhin ein bisschen erschreckt, als ich in den Spiegel gesehen habe, aber nach zwei oder drei Tassen Kaffee wird es mir bestimmt besser gehen. Magst du auch eine?«

»Gern. Abgesehen davon finde ich nicht, dass du so schlimm aussiehst.«

Fenja lachte kurz auf und begab sich ins Hinterzimmer, wo die Kaffeemaschine stand. »Nett von dir, aber du bist keine so gute Lügnerin, wie du vielleicht glaubst. Ich hoffe nur, dass ich meine Kunden nicht verschrecke«, meinte sie mit einem zynischen Unterton in der Stimme, während sie den Wasserbehälter auffüllte. »Vielleicht sollte ich damit Werbung machen. So nach dem Motto: Willkommen im Hynsteblom, dem einzigen Souvenirshop mit einer Leiche im Obergeschoss und einem Zombie als Eigentümerin.«

Suna musste gegen ihren Willen lachen. »Na, das ist doch mal ein gelungener Slogan. Auch wenn ich den Zombie jetzt wirklich ein bisschen übertrieben finde.« Sie nahm von ihrer Klientin die Tasse mit dem dampfenden Kaffee entgegen und nippte vorsichtig daran.

Fenja lehnte sich ihr gegenüber an die schmale Arbeitsplatte. »Weißt du, ich habe fast die ganze Nacht darüber nachgedacht, was du gestern gesagt hast. Dass mich jemand fertigmachen will, meine ich. Es ist nur ... ich verstehe das nicht. Ich habe doch niemandem etwas getan.«

»Ich sehe das ja genauso.« Suna nickte nachdenklich. »Aber entweder ist es jemand, der sich für Marks Tod rächen will, oder jemand, der deine Situation einfach ausnutzt, in Wahrheit aber etwas ganz anderes will.«

»Du meinst, den Laden?«

Suna zuckte die Achseln. »Könnte sein. Vielleicht ist aber auch etwas, an das wir überhaupt nicht denken. Ich weiß es nicht.«

Nachdenklich nickte Fenja, senkte dann den Kopf und starrte eine Weile auf den Boden. Als sie wieder aufblickte, lag eine Spur Resignation auf ihrem Gesicht. »Irgendwie hatte ich geglaubt, dass sich alles wieder normalisiert, wenn erst das Hynsteblom wieder geöffnet ist und ich wieder meinen geregelten Tagesablauf habe. Aber inzwischen habe ich das Gefühl, dass es nie wieder so sein wird.«

»Hey, jetzt mal nicht so pessimistisch«, warf Suna ein. »Das braucht eben alles seine Zeit.«

»Ich weiß.« Fenja versuchte zu lächeln. »Aber ich merke doch, dass die Leute sich mir gegenüber einfach anders verhalten als früher – irgendwie distanziert.«

Suna horchte interessiert auf. »Meinst du jemand Speziellen?«

Ihre Klientin überlegte einen Augenblick, dann schüttelte sie den Kopf. »Eigentlich nicht. Dass der Asmussen sich mir gegenüber nicht gerade vor Freundlichkeit überschlägt, ist ja klar, und dass die Kronholz von gegenüber sich freut, wenn mein Laden nicht läuft, macht mir auch nichts. Aber die anderen – ich weiß nicht – sie gehen einfach nicht mehr so unbefangen mit mir um wie früher.«

»Fenja, das ist doch ganz normal. Für sie ist es auch eine extreme Situation. Ich glaube nicht, dass es hier auf der Insel schon einmal einen solchen Fall gab. Gib den Leuten einfach ein bisschen Zeit, damit klarzukommen.«

Die Ladenbesitzerin zog eine hilflose Grimasse. »Ich versuche es ja, aber es fällt mir so schwer. Nimm zum Beispiel Kristian von nebenan. Früher war er fast jeden Tag hier im Laden, zumindest um kurz hallo zu sagen. Oder ich war bei ihm drüben. Jetzt habe ich das Gefühl, er geht mir aus dem Weg.«

»Den Eindruck hatte ich am Eröffnungstag aber eigentlich nicht.« Suna runzelte die Stirn. »Er sah doch wirklich so aus, als würde er sich darüber freuen, dass Carolin und du wieder jeden Tag hier seid. Vielleicht hat er im Moment einfach nur viel zu tun. Oder er möchte, dass du dich erst einmal in Ruhe wieder in alles einfindest.«

»Vielleicht hast du recht und ich rede mir vieles nur ein«, seufzte Fenja, lachte dann jedoch kurz auf. »Aber nicht alles! Jedenfalls bin ich froh, dass du mir geglaubt hast, dass ich wirklich Marks Stimme gehört habe. Wenn du jetzt auch noch gesagt hättest, dass ich mir das eingebildet habe, wäre ich wahrscheinlich ganz durchgedreht. Es ist ja auch so schon schlimm genug.«

Suna horchte auf. Sie hatte die unterschwellige Andeutung deutlich herausgehört. »Wie meinst du das?«

»Es geht um diese Träume.« Mit beiden Händen fuhr sich Fenja durch die Haare, ehe sie weitersprach. »Ich habe dir doch erzählt, dass ich andauernd von dem Abend träume, aber nicht genau sagen kann, wie viel davon Erinnerung ist und wie viel Fantasie. Heute Nacht habe ich wieder diesen Traum gehabt, doch diesmal war es anders als sonst. Ich habe wie immer ganz deutlich Marks Gesicht vor mir gesehen, und ich habe auch wieder die Hände um meinen Hals gespürt. Außerdem hatte ich wieder wahnsinnige Angst.«

»Aber?«, hakte Suna nach, als Fenja ins Stocken geriet.

Diese senkte nachdenklich den Blick und zupfte an ihrer Unterlippe. Dann sah sie Suna direkt an. »Ich hatte keine Angst *vor* Mark. Es hört sich vielleicht merkwürdig an, aber ich hatte Angst *um* ihn.«

*

Während Fenja im Laden ihre Kunden bediente, sah Suna im Schnelldurchlauf die Aufnahmen der Kamera an, die sie im Baum vor dem Hynsteblom angebracht hatte. Wie erwartet war darauf nichts Auffälliges zu finden.

Kein Wunder, der Stalker ist ja ganz mit dem Aufgeben von Zeitungsanzeigen und mit fingierten Anrufen aus dem

Jenseits ausgelastet, dachte Suna grimmig, da bleibt natürlich keine Zeit mehr für Schmierereien an Schaufenstern. Trotzdem war sie ein wenig enttäuscht.

Immer wieder gingen ihr zudem Fenjas Worte durch den Kopf, dass sie im Traum Angst um Mark gehabt hätte. Ganz unlogisch war das nicht, überlegte sie. Fenja hatte sich zwar gegen Mark wehren müssen, aber umbringen wollte sie ihn bestimmt nicht. Und dass man beim Anblick einer Wunde, aus der das Blut sprudelt, panische Angst bekam, war ja nur verständlich.

Trotzdem störte sie etwas an dem Gedanken, sie konnte nur nicht sagen, was es war.

Kopfschüttelnd schob sie ihn beiseite und wandte sich wieder ihrem eigentlichen Auftrag zu. Den fiesen Anrufer vom Vorabend würde Kobo für sie aufspüren, da war sie ganz sicher. In der Zwischenzeit konnte sie ihre Liste vom Eröffnungstag abarbeiten. Das Gespräch mit Jeremias Berger stand noch an. Da weder Fenja noch Carolin wussten, wo er genau wohnte, kam ein Überraschungsbesuch nicht infrage. An der Schutzstation wollte sie nicht ohne Ankündigung auftauchen.

Suna nahm das Telefon des Hynsteblom und wählte Jeremias' Handynummer, die Fenja ihr gegeben hatte. Als sofort nach dem ersten Klingeln die Mailbox ansprang, legte sie enttäuscht auf. Wahrscheinlich ist er gerade am Arbeiten, dachte sie. Aus dem Internet suchte sie die Telefonnummer der Schutzstation Wattenmeer in Hörnum heraus.

»Schutzstation Wattenmeer, hier ist Biggi, moin moin«, ertönte eine extrem jung und sehr gut gelaunt klingende Stimme aus dem Telefon.

»Moin Biggi, hier ist Suna«, erwiderte die Privatdetektivin im gleichen lockeren Tonfall. »Ich würde gern mit Jeremias sprechen, ist er zufällig in der Nähe?«

»Jeremias?«, fragte Biggi nach einer kurzen Pause verwundert. »Hier gibt es keinen Jeremias.«

Suna hätte beinahe laut aufgeseufzt, als sich ihr leiser Verdacht bestätigte. Sie hielt sich aber zurück. Noch konnte es sich ja um ein simples Missverständnis handeln.

»Doch, doch, Jeremias Berger. Er macht seit ein paar Wochen ein Praktikum bei euch an der Schutzstation«, bohrte sie deshalb noch einmal nach.

Biggi lachte kurz auf. »Nee, ganz bestimmt nicht. Wir haben hier momentan nur einen einzigen Praktikanten, und das ist Lasse. Aber vielleicht probierst du es mal auf Föhr oder Amrum oder bei einer der anderen Schutzstationen.«

»Gute Idee, das mache ich«, behauptete Suna. »Danke trotzdem.«

»Gar nicht für«, gab Biggi so fröhlich zurück, dass Suna fast meinte, ihr breites Grinsen durchs Telefon sehen zu können.

Sofort, nachdem sie die Verbindung getrennt hatte, suchte Suna die Telefonnummer von Marks Pflegeeltern heraus und wählte abermals. Sie ließ es ein paar Mal klingeln und wollte gerade wieder auflegen, als sich eine sehr gehetzt klingende Frauenstimme meldete.

»Hallo?«

»Frau Katridis? Sind Sie das?«, fragte Suna etwas verunsichert. Als die Stimme das bejaht hatte, fuhr sie fort: »Ich hoffe, ich störe Sie nicht. Hier ist Suna Lürssen. Wir haben gestern miteinander gesprochen.«

»Richtig, die Privatdetektivin. Was gibt es denn?«

»Ich hätte eine dringende Bitte an Sie.« Suna überlegte, wie sie ihr Anliegen am besten formulieren konnte, ohne die Pflegemutter in einen Gewissenskonflikt zu bringen. »Ich habe bei ein paar Unterlagen, die Mark bei Fenja liegen lassen hat, ein Foto gefunden. Ich denke, dass es eins von Ihrem Pflegesohn Jonas ist, bin mir aber nicht ganz sicher. Könnte ich Ihnen das Bild eventuell schicken, damit Sie mir sagen, ob das stimmt?«

»Ja, natürlich. Meine Adresse haben Sie ja«, antwortete Frau Katridis spontan.

»Schon, aber ehrlich gesagt wäre es mir lieber, wenn es ein bisschen schneller ginge. Kann ich Ihnen das Bild auch per E-Mail schicken?«, fragte Suna vorsichtig an.

Marks Pflegemutter lachte. »Wissen Sie was, am besten schicken Sie es mir doch direkt aufs Handy. Ich bin zwar nicht mehr die Jüngste, aber deswegen muss ich ja noch lange nicht in der Steinzeit leben.«

Suna nahm Fenjas Handy, auf dem diese viele Fotos gespeichert hatte, und suchte eines heraus, auf dem Jeremias besonders gut zu erkennen war. Sie wählte die Nummer, die ihr Frau Katridis gerade gegeben hatte, und schickte ihr das Bild.

Sie merkte, wie angespannt sie war. Um sich die Wartezeit zu verkürzen, ging sie zur Kaffeemaschine und füllte sich ihre Tasse noch einmal auf. Dabei hielt sie Fenjas Handy allerdings ständig in der Hand und ließ es keinen Moment aus den Augen. Glücklicherweise wurde schon ein paar Augenblicke später der Eingang einer neuen Nachricht angezeigt.

Mit einem mulmigen Gefühl rief sie die Antwort auf ihre Anfrage ab. *Sie hatten recht*, hatte Frau Katridis geschrieben, *das ist Jonas. Hoffe sehr, Ihnen geholfen zu haben. Liebe Grüße, S. Katridis.*

Suna schluckte, als sie die Nachricht zum zweiten und zum dritten Mal las. Das haben Sie, dachte sie bedrückt. Obwohl sie den ersten wirklichen Erfolg in ihrer Ermittlungsarbeit erzielt hatte, konnte sie sich über dieses Ergebnis nicht richtig freuen. Insgeheim hatte sie gehofft, dass sich ihr Verdacht als falsch erweisen würde. Anfangs hatte sie sich davon irritieren lassen, dass die Pflegemutter ihr erzählt hatte, Jonas wäre wieder in München und sie würden gelegentlich telefonieren. Eigentlich hätte sie ja an der Vorwahl erkennen müssen, dass es keine Münchner Nummer war. Aber wenn er nur sein Handy benutzte, konnte er sich überall aufhalten, ohne dass seine Nummer den Ort verriet.

Doch bevor Suna ihre Auftraggeberin mit der schmerzhaften Wahrheit konfrontieren würde, musste sie erst ganz sicher sein, dass Jonas hinter den Attacken steckte. Sie war froh, dass Fenja im Verkaufsraum des Hynsteblom gerade mit einer besonders schwierigen Kundin beschäftigt war, die sich seit fast einer halben Stunde nicht entscheiden konnte, welches der Designerschmuckstücke von Merle Meinhardt sie kaufen wollte. So konnte sie ungestört telefonieren.

Wieder wählte Suna eine Nummer, diesmal die des Sylter Tageblatts. Als eine junge Frau in der Telefonzentrale ihren Anruf entgegennahm, verlangte sie Frau Kafulke aus der Anzeigenabteilung.

»Jaaa? Katja Kafulke«, ertönte es kurz darauf aus dem Telefon. Suna verdrehte unwillkürlich die Augen. Sie hätte die Rothaarige auch sofort erkannt, wenn sie nicht ihren Namen genannt hätte. Nicht unbedingt an ihrer Stimme, aber an ihrer lahmen Art.

»Suna Lürssen. Hallo Frau Kafulke, ich war vorgestern bei Ihnen und habe mich nach der Todesanzeige von Fenja Sangaard erkundigt, der Frau, die noch am Leben ist. Erinnern Sie sich?«

»Äh – ja – schon«, kam nach einer kurzen Pause die zögerliche Antwort.

Na immerhin, dachte Suna spöttisch. Sie bemühte sich um einen liebenswerten Tonfall, als sie weitersprach. »Ich würde Ihnen gern ein Bild von einem jungen Mann schicken, von dem ich glaube, dass er die Anzeige aufgegeben hat. Könnten Sie mir dann sagen, ob ich recht habe?«

Wieder folgte eine Pause, bis die Rothaarige antwortete. »Äh – ich denke schon, dass das geht.«

»Gut.« Suna unterdrückte einen Seufzer. »Würden Sie mir bitte Ihre E-Mail-Adresse geben, damit ich Ihnen das Foto zuschicken kann?«

Frau Kafulke nannte ihr die Adresse. »Ich rufe Sie dann an, wenn ich das Bild bekommen habe«, sagte sie in ihrer langsamen Art, wurde aber sofort von Suna unterbrochen.

»Tun Sie mir einen Gefallen und bleiben Sie eine Minute am Apparat, ja? Ich habe das Bild schon losgeschickt. Es müsste also jeden Moment bei Ihnen ankommen. Dann können Sie mir sofort sagen, ob das der Mann ist, und sparen sich einen Anruf.«

»Okay«, gab die Rothaarige gedehnt zurück. »Ah ja, da ist schon Ihre Mail. Warten Sie, ich öffne sie gerade.«

Suna wartete gespannt auf den Kommentar der Frau. Im Hintergrund waren deutlich die bekannten Geräusche aus der Schalterhalle der Zeitung zu hören. Sogar das Klicken der Maus meinte Suna erkennen zu können. Sie biss sich auf die Unterlippe, um keine bissige Bemerkung über das Arbeitstempo der Rothaarigen abzulassen, als diese sich endlich wieder meldete. Plötzlich klang sie ganz aufgeregt.

»Das ist er. Das ist der Typ, der die Anzeige aufgegeben hat. Ich bin mir ganz sicher!«

»Ich danke Ihnen, Frau Kafulke«, sagte Suna ehrlich. »Sie haben mir sehr geholfen.«

Sie legte auf und starrte nachdenklich auf das Foto auf dem Bildschirm. Jetzt war sie sich endlich sicher, wem Fenja die feigen Attacken zu verdanken hatte. Sie musste es ihr nur noch schonend beibringen.

*

»Jeremias? Jeremias soll das alles gemacht haben? Das glaube ich nicht.« Fenja starrte Suna entsetzt an, als die beiden wenig später am Kassentresen des Hynsteblom standen. Suna hatte gewartet, bis sich gerade kein Kunde im Laden aufhielt, um ihre Auftraggeberin zur Seite zu nehmen und ihr zu verraten, wen sie für den Urheber des Ärgers hielt, den sie in den letzten Tagen gehabt hatte.

»Das kann einfach nicht sein, das glaube ich nicht«, wiederholte Fenja starrsinnig. »Dazu ist er viel zu nett.«

»Das mag ja sein.« Fenja bemühte sich, nicht die Geduld zu verlieren. »Trotzdem bin ich mir sicher, dass er es war. Und mehr noch: Ich vermute, dass er Nachforschungen über dich und Carolin angestellt hat, und euch bewusst angesprochen hat. Vielleicht wollte er euch ausspionieren, um herauszufinden, wie er dich besonders treffen kann.«

Fenja sah sie bestürzt an, sagte aber nichts. Sie wirkte noch elender und ausgezehrter als sonst.

Suna gab ihrer Klientin etwas Zeit, das eben Gehörte zu überdenken. Sie wusste, dass es schon für einen psychisch stabilen Menschen nicht leicht sein würde, einen solchen Vertrauensbruch zu verarbeiten. In Fenjas Zustand kam er einer Katastrophe gleich.

»Was hältst du davon, wenn wir einfach mit ihm sprechen?«, schlug die Privatermittlerin nach einer Weile vor. »Es dürfte doch kein Problem sein, ihn hier auf Sylt ausfindig zu machen. Dann kann er uns selbst erklären, was los ist.«

Fenja nickte zögernd. »Okay. Am einfachsten wird es sein, wenn ich ein paar Leute anrufe. Ich glaube nicht, dass Jeremias – oder wie auch immer er jetzt wirklich heißt – in einem Hotel wohnt. Ich tippe eher auf eine Ferienwohnung oder ein Ferienhaus. Die meisten der privaten Vermieter kenne ich. Da werde ich mich mal umhören. Irgendjemand kann uns bestimmt weiterhelfen.«

»Gute Idee«, Suna lächelte aufmunternd. »Fang am besten bei denen an, die Häuser oder Wohnungen direkt in Westerland vermieten. Wenn er deinetwegen hergekommen ist, hat er sich wahrscheinlich ganz in der Nähe einquartiert.«

Wieder nickte Fenja. Diesmal gelang ihr sogar ein tapferes Lächeln. Sie wollte gerade zum Telefon greifen, das auf dem Kassentresen vor ihr lag, als es zu klingeln begann. Wie hypnotisiert starrte sie auf das Gerät, rührte es aber nicht an.

Suna ahnte, was in ihr vorging. Nach dem Anruf mit Marks Stimme am Abend zuvor fürchtete sie vermutlich, dass es wieder passieren könnte. »Lass mich machen«, sagte sie daher möglichst beiläufig, hob das Telefon auf und nahm das Gespräch an.

»Souvenirshop Hynsteblom, Suna Lürssen, guten Tag«, meldete sie sich. Während sie kurz lauschte, bemerkte sie, dass Fenja sie ängstlich anstarrte. Sie schüttelte leicht den Kopf und verzog ihr Gesicht zu einem beruhigenden Grinsen. »Ja, natürlich haben wir heute über Mittag geöffnet, bis heute Abend achtzehn Uhr. Wir würden uns sehr freuen, wenn Sie bei uns vorbeikommen.«

Fenja hatte sich inzwischen kraftlos auf einen Stuhl fallen lassen. »Ich hoffe wirklich, du hast recht und Jeremias – ich meine Jonas – steckt hinter der Sache. Wenn das noch länger so weitergeht, werde ich wirklich verrückt.« Dann grinste sie gequält. »Schade, dass du schon einen Job hast, sonst würde ich dich sofort einstellen.«

Die nächste Zeit verbrachte Fenja damit, ihre Freunde und Bekannten am Telefon abzuklappern. Schon nach einer knappen Viertelstunde hatte sie einen ersten Erfolg.

»Ich glaube, ich habe ihn gefunden«, berichtete sie atemlos. »Ein Bekannter von mir hat mir gerade erzählt, dass im Nachbarhaus seit ein paar Wochen ein junger

Mann wohnt, auf den die Beschreibung von Jeremias genau passt. Ich rufe gleich mal die Vermieterin an.«

Sie blätterte kurz in einem kleinen Adressbuch und wählte dann eine Nummer.

»Elsa?«, meldete sie sich kurz darauf. »Moin, hier ist Fenja Sangaard. Schön, dass ich dich gleich erreiche. Ich bin auf der Suche nach einem jungen Mann, der in Westerland eine Ferienwohnung gemietet hat. Sein Name ist Jeremias, den Nachnamen weiß ich leider nicht. Er ist ungefähr zwanzig, hat hellbraune, ein bisschen längere Haare und grüne Augen. Kennst du ihn?«

Sie lauschte auf eine Antwort, bevor sie weitersprach.

»Wirklich? Er wohnt in einer von deinen Wohnungen? Hast du dir den Ausweis zeigen lassen, bevor er eingezogen ist?«

Sie sah Suna an und verdrehte die Augen. »Nein, natürlich ist er ein netter junger Mann. Es ist alles in Ordnung, du brauchst dir keine Sorgen zu machen. Kannst du mir noch sagen, in welcher von deinen Wohnungen er wohnt? Gut, das habe ich. Dann danke ich dir ganz herzlich. Du bist wirklich ein Schatz.«

Nachdem sie sich wortreich verabschiedet hatte, legte Fenja auf und seufzte laut. »Das war Elsa Kampmann«, erklärte sie Suna. »Sie ist schon Mitte achtzig, managt aber die Vermietung ihrer Ferienwohnungen immer noch ganz allein. Und genau wie mich und Carolin hat Marks Bruder sie anscheinend mit seinem Charme eingewickelt.«

»Jetzt wissen wir wenigstens, wo wir ihn finden können«, erwiderte Suna mit einem zufriedenen Grinsen und wies auf den Zettel, auf dem Fenja die Adresse der

Wohnung notiert hatte. »Ich schlage vor, wir statten dem Kerl nach Ladenschluss einen kleinen Überraschungsbesuch ab.«

*

Niedergeschlagen saß Daniel Lemarchant in dem kleinen Café in der Fußgängerzone und nippte an seinem Latte macchiato. Seit mehr als drei Stunden war er jetzt in Westerland unterwegs, um eine Spur von dem jungen Mann namens Lukas zu finden, der sein Bruder sein könnte.

Bisher hatte er die gesamte Friedrichstraße und die Strandpromenade abgeklappert, dazu noch einen Teil der Strandstraße. In jedem Laden, Café und Restaurant hatte er den Mitarbeitern das Bild vorgelegt, dass Gramser von diesem Lukas gemacht hatte. Das Ergebnis war jedes Mal dasselbe gewesen: Keiner konnte sich daran erinnern, ihn jemals gesehen zu haben. Es war absolut deprimierend.

Inzwischen war sich Daniel nicht mehr so sicher, ob es überhaupt eine gute Idee gewesen war, selbst nach Sylt zu kommen. Vielleicht wäre es besser, überlegte er, sofort nach Lausanne zurückzukehren und Lobinski die gesamten Nachforschungen zu überlassen. Andererseits behagte ihm der Gedanke, untätig in der Schweiz herumzusitzen, während immer noch eine geringe Chance bestand, dass sein Bruder doch noch gefunden werden konnte, überhaupt nicht.

»Darf's noch etwas sein?«, erkundigte sich die Bedienung, eine ältere Frau mit dickem grauen Haarknoten höflich.

»Nein danke, nur die Rechnung«, gab Daniel matt zurück.

Nachdem er bezahlt hatte, verließ er das Café, um die restlichen Geschäfte der Strandstraße abzuklappern. Viele Hoffnungen machte er sich nicht. Laut Gramser war die Gruppe, mit der sich Sébastien in Westerland aufgehalten hatte, mit Rucksäcken unterwegs gewesen. Sie hatten im Freien, am Strand oder in den Dünen übernachtet und die Leute angeschnorrt. In die meist teuren Läden und Restaurants waren sie wahrscheinlich höchst selten reingegangen.

Aber vielleicht waren sie dem einen oder anderen Geschäftsmann ja negativ aufgefallen, weil sie seine Kunden angebettelt hatten, dachte Daniel mit einem freudlosen Grinsen. Das war zumindest ein Hoffnungsschimmer.

Er zog seinen Schal ein Stück höher. Für Februar war es zwar nicht außergewöhnlich kalt, aber der Wind, der ihm direkt entgegen blies, wurde immer stärker. Bei einzelnen Böen hatte er sogar Schwierigkeiten, überhaupt vorwärts zu kommen. Außerdem hatte ein leichter, unangenehmer Schneeregen eingesetzt. Er war froh, dass er gleich in den nächsten Laden gehen konnte, an dem ein modernes Designer-Glasschild mit der Aufschrift *Fotostudio Kristian Petersen* prangte.

Das Geschäft war sehr edel eingerichtet. Im Gegensatz zu den meisten Fotostudios, die er kannte, waren hier die Wände nicht mit unzähligen Bildern von Hochzeitspaaren und Kleinkindern in allen möglichen Posen zugepflastert, sondern es waren nur einzelne großformatige Abzüge in modernen Edelstahlrahmen zu sehen, die durch eine ausgeklügelte Lichttechnik beinahe plastisch wirkten. Es handelte sich dabei ausschließlich um Landschafts-aufnahmen von Sylt, unter anderem erkannte Daniel das Rote Kliff und den rot-weißen Hörnumer Leuchtturm.

Bilder von glücklich strahlenden Hochzeitspaaren gab es nur an einer Seitenwand. Aber auch hier fielen nicht so sehr die Menschen ins Auge, sondern die als Kulissen die-nenden beeindruckenden Sylter Landschaften.

Hinter dem Tresen war ein großer, dunkelhaariger Mann damit beschäftigt, Fotos am Computer nachzubear-beiten. Als er Daniel hörte, blickte er auf und verzog sein Gesicht zu einem freundlichen Lächeln.

»Moin«, begrüßte er ihn kurz. »Kann ich Ihnen helfen?«

»Ich hoffe es.« Daniel setzte wieder sein Lächeln auf, das ihm schon im Gesicht festgefroren zu sein schien, so oft, wie er es in den letzten Stunden eingesetzt hatte. Er zog das Foto vom angeblichen Lukas hervor und legte es so auf den Tresen, dass der andere es richtig herum vor sich sah.

»Mein Name ist Daniel Lemarchant. Sind Sie Herr Petersen?« Als der Fotograf nickte, fuhr Daniel fort: »Ich bin auf der Suche nach meinem Bruder. Er soll sich letztes Jahr längere Zeit auf Sylt aufgehalten haben. Können Sie sich daran erinnern, ihn mal gesehen zu haben?«

Der andere Mann nahm das Bild in die Hand, kniff die Augen zusammen und betrachtete das Bild eingehend. Für den Bruchteil einer Sekunde schien sich seine Miene aufzuhellen, und sofort schöpfte Daniel neue Hoffnung. Erwartungsvoll blickte er ihn an.

»Ich bin mir nicht ganz sicher«, begann Petersen schließlich zögernd. »Aber ich glaube, ihn schon mal gesehen zu haben. Kann es sein, dass er mit einer Gruppe Rucksacktouristen auf der Insel war?«

Daniel glaubte beinahe, seinen Ohren nicht trauen zu können. Es war das erste Mal überhaupt, dass sich jemand an Lukas erinnerte. »Das ist richtig. Wissen Sie vielleicht mehr darüber? Wohin sie wollten? Oder den Namen von irgendeinem aus der Gruppe?«

»Tut mir leid.« Der Mann schüttelte den Kopf, und seine Miene spiegelte sein Bedauern wider. »Ich kann mich zwar an das Gesicht erinnern, aber mehr weiß ich leider auch nicht.«

Daniel hatte noch eine andere Idee. »Könnte es sein, dass Sie ein Foto haben, auf dem mein Bruder oder andere Mitglieder der Gruppe zu sehen sind? Durch Zufall, irgendwo im Hintergrund, meine ich.«

Petersen lachte kurz auf. »Ich verstehe schon, was Sie meinen, aber ich laufe nicht herum und knipse wahllos irgendwelche Touristen, um ihnen hinterher ein paar Abzüge anzudrehen. So eine Art Fotograf bin ich nicht. Ich konzentriere mich ausschließlich auf Auftragsarbeiten, und dabei achte ich schon darauf, dass keine anderen Personen im Hintergrund zu sehen sind. Einerseits möchten die Kunden das meistens nicht, und andererseits gibt es dann auch keine Probleme wegen der Verwertungsrechte.«

»Ich verstehe.« Daniel steckte das Foto wieder ein. Er hatte Mühe, sich seine Enttäuschung nicht allzu sehr anmerken zu lassen. »Eine Bitte hätte ich allerdings noch.« Er zog eine Visitenkarte aus der Jackentasche, auf der er auch seine private Handynummer notiert hatte, und hielt sie dem anderen entgegen. »Würden Sie mich bitte anrufen, wenn Ihnen doch noch etwas einfällt?«

Petersen nahm die Karte entgegen, warf einen kurzen Blick darauf und nickte dann. »Sicher, das werde ich auf jeden Fall tun. Aber machen Sie sich nicht zu viele Hoffnungen. Ich weiß wirklich nichts. Ich kann mir nicht vorstellen, was mir dazu noch einfallen sollte.«

»Trotzdem danke«, gab Daniel zurück. Er verabschiedete sich und verließ das Fotostudio.

Draußen blieb er trotz des ungemütlichen Wetters eine Weile stehen, um in Ruhe über alles nachzudenken. Auch wenn der Fotograf ihm nicht viel hatte berichten können, so war er doch immerhin der erste der bisher Befragten gewesen, der sich überhaupt an Lukas erinnern konnte. Daniel wagte es immer noch nicht, den jungen Mann auf dem Foto Sébastien zu nennen, solange nicht bewiesen war, dass es sich eindeutig um seinen Bruder handelte. Aber er hoffte, dass es nicht mehr lange dauern würde, bis die Wahrheit ans Licht kam. In diesem Punkt vertraute er Lobinski voll. Und er selbst würde auch nicht eher lockerlassen, bis er wusste, was wirklich hinter allem steckte.

Er holte einmal tief Luft und betrat den Laden, der direkt neben dem Fotostudio lag. Es war ein Souvenirshop namens Hynsteblom.

\*

Peter Lobinski stand in der Mini-Küche, die zu seinem Hamburger Büro gehörte, und goss Wasser in eine riesige

Tasse, in die er vorher zwei Beutel für Kamillentee ge-
hängt hatte. Er hasste dieses Zeug, aber es half ihm bei
Erkältungen nun einmal am besten. Und bei seinem Ausflug zu den *Söhnen der Erde* hatte er sich einen ordentlichen Schnupfen eingefangen.

Das war auch der Grund dafür, dass er nach seiner
Rückkehr aus Norwegen nicht wie eigentlich geplant
sofort nach Sylt weitergereist war. Eigentlich hatte er
sofort Gramser genauer unter die Lupe nehmen wollen.
Dass der Kerl nicht astrein war, das war Lobinski
inzwischen zu einhundert Prozent klar geworden, aber er
konnte immer noch nicht einschätzen, wie weit seine
Betrügereien gingen. Dass er den Lemarchants in Bezug
auf die *Söhne der Erde* und Sébastiens Aufenthalt bei
dieser Gemeinschaft etwas vorgemacht hatte, stand für
Lobinski jedenfalls außer Zweifel.

Als er am Morgen jedoch mit Halsschmerzen und
dröhnendem Schädel aufgewacht war, hatte er dennoch
beschlossen, seine Reise nach Sylt um einen Tag zu
verschieben. Also war er nach Hause gefahren und hatte
sich ein bisschen hingelegt. Aber schon nach etwas mehr
als einer Stunde war er zu ungeduldig gewesen, um weiter im Bett zu bleiben.

Jetzt saß er seit ein paar Stunden an seinem Schreibtisch und trank eine Tasse Tee nach der anderen. Er hatte
sich die Fotos vom angeblichen Sébastien und von den
anderen der Gruppe vorgenommen und war seitdem in
verschiedenen sozialen Netzwerken im Internet unterwegs. Indem er immer wieder Stichworte wie Sylt,
Westerland, Lukas und die Daten des Aufenthalts eingab,
hoffte er auf eines der bekannten Gesichter zu treffen,

irgendeinen Punkt zu finden, an dem er ansetzen konnte. Bisher hatte er allerdings keinen einzigen Treffer erzielt.

Entnervt ließ er sich wieder auf seinen Schreibtischstuhl fallen und nippte an seinem Tee.

»Verdammter Mist«, fluchte er, als er sich an dem heißen Gebräu die Zunge verbrannte. Er stellte die Tasse angewidert beiseite und beschloss, erst einmal ein bisschen über Gramser zu recherchieren, bevor er sich weiter mit Facebook, Twitter und Co. beschäftigte.

Zwei Stunden später, in denen er zahlreiche Webseiten aufgerufen und noch mehr Telefonate geführt hatte, hatte er ein recht detailliertes Profil von seinem Kollegen erstellt.

Dieser war in Bremen geboren und zur Schule gegangen. Nach einem ganz ordentlichen Schulabschluss hatte er sich in verschiedenen Jobs probiert, unter anderem als Handelsvertreter und Schuhverkäufer. Vor knapp vierzehn Jahren hatte er bei einer großen Detektei in Bremen angefangen, in der er sich schnell hochgearbeitet hatte. Nachdem er sich mit seinem derzeitigen Chef zerstritten hatte, war er nach Kiel gezogen, um dort den Schritt in die Selbstständigkeit zu wagen und eine eigene Detektei zu eröffnen. Anscheinend war das genau die richtige Entscheidung gewesen, denn er hatte rasch expandiert und mehrere Mitarbeiter eingestellt. Vor drei Jahren hatte er seine Firma aus unbekannten Gründen nach Westerland verlegt.

Inwieweit seine Betrügereien zu seinem enormen Erfolg beigetragen hatten, konnte Lobinski natürlich nicht so einfach feststellen. Klar war aber, dass der Aufstieg ohne Gramsers außergewöhnliches Charisma kaum möglich gewesen wäre. Davon hatte sich Lobinski selbst überzeugen können, denn Gramser hatte die Homepage seiner Detektei mit einigen Videos garniert, in denen er um das Vertrauen seiner zukünftigen Klienten warb.

Der könnte sogar Gummistiefel in der Sahara verkaufen, dachte der Privatdetektiv missmutig, als er sich eines dieser Videos ansah. Er hatte nichts gegen eine gute Ausstrahlung einzuwenden. Wenn man sie jedoch einsetzte, um gutgläubige Klienten über den Tisch zu ziehen, ging ihm das gewaltig gegen den Strich.

Als er noch einmal den Lebenslauf seines Kollegen durchging, fiel ihm die Lücke auf, die darin klaffte. Zwischen seinem letzten Job als Handelsvertreter und seinem Start als Mitarbeiter der Detektei in Bremen fehlten knapp zwei Jahre. Lobinski runzelte die Stirn. Warum war ihm das vorher entgangen?

»Das liegt nur an dieser verdammten Erkältung«, murmelte er, trank noch einmal einen großen Schluck Tee und griff zum Telefon. Mit ein bisschen Glück konnte er Karin noch erreichen, seine Kontaktfrau beim Einwohnermeldeamt in Bremen.

»Peter, lange nichts von dir gehört«, meldete sie sich freudig.

Lobinski erklärte ihr sein Anliegen. »Ihr habt doch manchmal die vorherige Adresse von Leuten, die in Bremen wohnen oder gewohnt haben. Kannst du mir sagen, ob Gramser die ganze Zeit in Bremen gewohnt hat?« Er nannte ihr die genauen Daten des Detektivs.

»Warte, ich schau mal nach, ob ich was finde. Das kann aber ein bisschen dauern. Ich rufe dich dann zurück, okay?«

Lobinski legte auf, lehnte sich auf seinem Stuhl zurück und lockerte seine verkrampfte Nackenmuskulatur. Gleich nach dem Rückruf von Karin würde er nach Hause fahren und sich mit ein paar Aspirin ins Bett hauen, schwor er sich, während er sehnsüchtig darauf wartete, dass sein Telefon klingelte.

Als es endlich soweit war, ging er sofort dran.

»Hast du was?«, erkundigte er sich neugierig.

Karin lachte. »Allerdings, aber ich musste ein bisschen suchen, und es war auch eher Zufall, dass ich etwas gefunden habe. Dafür schuldest du mir ein Abendessen.«

»Ist gebongt. Dann leg mal los!«

»Also, dein Kollege hat in der Zeit, um die es dir ging, nicht in Bremen gewohnt, sondern war in der französischsprachigen Schweiz gemeldet, in einem Ort namens Savigny. Warte, ich buchstabiere dir das.«

Ein paar Minuten später sah Lobinski im Internet nach, wo genau in der Schweiz Gramser die beiden Jahre verbracht hatte, die in seinem Lebenslauf fehlten. Er war immer wieder begeistert davon, wie leicht manche Arbeiten durch das Netz zu erledigen waren, für die er früher Tage gebraucht hatte und so manche Rennerei in Kauf nehmen musste.

Als die Karte auf dem Monitor erschien, pfiff er leise durch die Zähne.

Savigny lag gerade einmal zehn Kilometer von Lausanne entfernt.

*

Fenja stand im Hynsteblom am Schaufenster und warf einen skeptischen Blick in den dunklen Himmel. »Das gefällt mir gar nicht«, murmelte sie nachdenklich. »Das Wetter wird immer schlechter statt besser. Es würde mich nicht wundern, wenn es irgendwann heute oder morgen noch eine Sturmflutwarnung gäbe.«

»Hoffentlich nicht!« Carolin sah sie erschreckt an. »Beim letzten Mal habe ich mir vor Angst fast in die Hose gemacht. Das war die erste Sturmflut überhaupt, die ich mitgemacht habe. Ich saß allein in meiner Wohnung und dachte, das ganze Haus würde wegfliegen. Wenn so etwas noch mal vorkommt, verschwinde ich vorher von der Insel. Oder ich bleibe die ganze Zeit bei dir im Laden.«

Fenja lachte. »Meinetwegen gern.«

Suna hörte den beiden interessiert zu. Da sie und Fenja erst zu Marks Pflegebruder Jonas gehen wollten, nachdem das Hynsteblom geschlossen hatte, vertrieb sie sich die Zeit damit, ein wenig im Laden zu helfen. Gerade sortierte sie die T-Shirts mit den aufgemalten Sylt-Motiven der Größe nach, als die Ladentür sich öffnete. Sofort fegte eine feuchtkalte Windböe in den Laden und ließ die Seiden-tücher neben ihr wild flattern.

Neugierig musterte Suna den Mann, der eingetreten war. Er war recht groß, knapp einsneunzig schätzte sie, etwa so alt wie sie und hatte blonde, kurz geschnittene Haare und ein sympathisch wirkendes Gesicht. Außerdem trug er dezente, aber sehr teure Kleidung. Suna fragte sich, ob es normal war, so etwas gleich zu bemerken. Sie lächelte. Das war wahrscheinlich eine Art Berufskrank-heit.

Da sie direkt an der Tür stand, wandte sich der Mann zuerst an sie.

»Guten Tag, mein Name ist Daniel Lemarchant«, stellte er sich vor.

Suna wunderte sich etwas darüber. Normalerweise nannten die Leute nicht gleich ihren Namen, wenn sie in einen Laden kamen. Als der Mann jedoch weitersprach, wurde ihr klar, warum er das Gespräch auf diese Weise begonnen hatte.

»Ich bin auf der Suche nach meinem Bruder, der seit einiger Zeit verschwunden ist«, berichtete er in neutralem Tonfall. »Er soll vor Kurzem hier auf Sylt gewesen sein. Haben Sie ihn vielleicht gesehen?«

Suna verkniff sich ein Grinsen. Der Mann machte einen sehr netten Eindruck, aber sein Schweizerdeutsch mit französischem Akzent klang für sie sehr merkwürdig. Sie beugte sich zu ihm hin und warf einen kurzen Blick auf das Bild, das er in der Hand hielt, schüttelte dann aber den Kopf. »Tut mir leid, aber da bin ich wohl nicht die richtige Ansprechpartnerin. Ich bin selbst erst seit ein paar Tagen hier auf der Insel.«

»Kann ich mal sehen?« Carolin war neugierig ein paar Schritte nähergetreten. Sie musterte das Foto eingehend. »Nee, ich fürchte, da kann ich auch nicht weiterhelfen«, meinte sie schließlich. Sie nahm dem Mann wortlos das Bild aus der Hand und hielt es ihrer Chefin hin. »Fenja, guck mal. Hast du den schon mal irgendwo gesehen?«

Fenja kam mit einem hilfsbereiten Lächeln näher und nahm das Foto entgegen. Als sie darauf blickte, verschwand das Lächeln sofort. Ihre Miene versteinerte. Mit weit aufgerissenen Augen starrte sie auf das Bild.

»Oh mein Gott!«, stieß sie mühsam hervor.

»Was ist denn?«, fragte Carolin hilflos. »Kennst du ihn?«

Fenja kniff die Augen zusammen. Sie ließ das Foto nicht aus den Augen und ihre Stimme klang unsicher, als sie antwortete.

»Ja. Nein. Ich – ich weiß es nicht.«

Suna runzelte die Stirn und trat einen Schritt näher. »Fenja, was ist denn mit dir?«, erkundigte sie sich besorgt, aber ihre Klientin starrte nur weiterhin wie paralysiert auf das Bild.

Diesmal ergriff Daniel das Wort, der die Szenerie bisher nur schweigend beobachtet hatte. Er sah verwirrt aus. »Heißt das, Sie haben meinen Bruder schon einmal gesehen?«

Der hoffnungsvolle Unterton ließ Suna kurz schaudern. Sie hatte schon zu viele Menschen gesehen, die ihre Angehörigen suchten. Und viel zu viele von ihnen waren gescheitert.

Fenja gab ihm das Foto zurück und strich sich mit beiden Händen durch die Haare.

»Ich weiß genau, dass ich dieses Gesicht schon einmal gesehen habe, aber ich kann mich nicht mehr erinnern, wo oder wann«, sagte sie verzweifelt. Sie drehte sich zu Suna um und blickte sie Hilfe suchend an. Dabei klammerte sie sich so fest an eines der Regale, dass ihre Fingerknöchel weiß hervortraten.

»Nur eines weiß ich ganz genau«, fuhr sie nach kurzem Zögern fort. »Es hatte irgendetwas mit dem Abend zu tun, an dem Mark umgekommen ist.«

*

Fenja war immer noch ganz aufgelöst, als sie neben Suna im Auto saß. Obwohl die Wohnung, die Jeremias alias Jonas in Westerland gemietet haben sollte, nur ein paar Gehminuten vom Hynsteblom entfernt lag, hatten sie beschlossen, nicht zu Fuß zu gehen. Der Schneeregen war stärker geworden und es war so ungemütlich feuchtkalt, dass jede Sekunde im Freien eine zu viel war.

»Wenn ich mich bloß an alles erinnern könnte«, klagte sie in jämmerlichem Tonfall. »Es war ja so schon schlimm genug, dass ich nicht wusste, was passiert ist. Aber jetzt bin ich völlig durcheinander. Ich habe überhaupt keine Ahnung, wie dieser Sébastien da jetzt noch reinpassen soll.«

»Wenn er es denn überhaupt ist«, warf Suna ein. Daniel hatte den drei Frauen eine kurze Zusammenfassung vom Schicksal seines Bruders gegeben. Dabei hatte er auch erwähnt, dass der junge Mann auf dem Bild, der sich Lukas genannt hatte, Sébastien zwar unglaublich ähnlich sah, dass er aber nicht wusste, ob es sich wirklich um seinen seit Jahren verschollenen Bruder handelte. Weder mit dem Namen Lukas noch mit Sébastien hatte Fenja allerdings etwas anfangen können.

»Bist du ganz sicher, dass dieser Lukas oder Sébastien etwas mit Marks Tod zu tun hat?«, fragte Suna vorsichtig. Sie wusste, dass ihre Klientin momentan extrem empfindlich war. »Du sagst doch selbst, dass du dich an gar nichts erinnern kannst.«

Fenja saß eine Weile schweigend da, als hätte sie die Frage gar nicht gehört. »Da vorn müssen wir rechts, und da ist es dann gleich«, wies sie Suna an, bevor sie unvermittelt auf die Frage antwortete. »Ich habe selbst keine Erklärung dafür, aber ich bin mir sicher. Ich habe dieses Gesicht immer wieder gesehen, wenn ich von dem Abend geträumt habe, ich konnte es bisher nur nicht einordnen. Mir ist allerdings immer noch völlig schleierhaft, was ein vor fünfzehn Jahren entführter Junge damit zu tun haben könnte, dass Mark versucht hat, mich zu erwürgen.«

»Ja, das wüsste ich auch gern«, gab Suna seufzend zurück. »Aber vielleicht sind wir ja schlauer, wenn Daniel seinen Bruder tatsächlich findet.«

Sie entdeckte einen freien Parkplatz direkt vor dem Haus, in dem Jonas wohnen sollte, und stellte ihr Auto ab. Doch weder sie noch Fenja machten Anstalten, aus dem Wagen auszusteigen.

Suna betrachtete durch die vom Schneeregen getrübte Windschutzscheibe die Fassade des klotzartigen, vierstöckigen Apartmenthauses. Es lag ganz in der Nähe *Heimstätte für Heimatlose*, einem Friedhof, auf dem seit Mitte des neunzehnten Jahrhunderts Unbekannte, die das Meer an den Strand gespült hatte, begraben wurden. Leider war das Haus eine der typischen Bausünden, wie man sie häufig in Westerland fand. Suna wusste, dass sie von der schönen Lübecker Altstadt, in der ihre Wohnung und ihr Büro lagen, diesbezüglich ziemlich verwöhnt war, aber sie konnte überhaupt nicht nachvollziehen, wie man ein dermaßen schönes Stückchen Erde mit solchen Schandflecken zupflastern konnte.

Im Augenblick kreisten ihre Gedanken aber vor allem um das Aufeinandertreffen mit Marks Pflegebruder Jonas, das ihnen direkt bevorstand. »Wollen wir?«, fragte sie ihre Auftraggeberin.

Fenja sah stur geradeaus und presste die Lippen aufeinander. Dann nickte sie. »Okay. Auf in die Höhle des Löwen. Bringen wir es hinter uns«, flüsterte sie.

An der Klingelanlage des Apartmentkomplexes waren keine Namen, sondern nur die Nummern der einzelnen Ferienwohnungen angegeben.

»Weißt du, welche Wohnung es ist?«, erkundigte sich Suna.

Anstatt eine Antwort zu geben, drückte Fenja auf den Klingelknopf, der mit Apartment 3-2 beschriftet war. Es dauerte nicht lange, bis ein lautes Knistern aus der Sprechanlage ertönte.

»Ja?«, fragte eine kaum zu verstehende, verzerrte Stimme.

»Pizza-Taxi«, rief Suna, bevor Fenja etwas sagen konnte. »Wir wollen ihn ja nicht vorwarnen«, fügte sie so leise hinzu, dass es außer Fenja niemand hören konnte.

»Ich habe nichts bestellt«, drang wieder die verzerrte Stimme aus dem Lautsprecher.

Suna grinste. »Ich habe aber eine Pizza für Sie«, sagte sie schnell und nicht allzu laut, sodass es oben in der Wohnung wahrscheinlich nur mit Mühe zu verstehen war.

Das Knistern der Sprechanlage setzte aus, dafür ertönte der Summer der Tür. Sofort drückte Suna gegen den Knauf und schob sie auf.

Entweder Jonas hatte keine Lust mehr, sich durch die altersschwache Sprechanlage mit der Pizzabotin zu streiten und wollte sie direkt an der Wohnungstür abfertigen, oder er hatte Hunger und wollte die günstige Gelegenheit nutzen, dachte Suna amüsiert.

Sie lief die ausgetretenen Steinstufen in die dritte Etage hoch, dicht gefolgt von Fenja. Die mit 3-2 beschriftete Wohnungstür stand bereits offen. Jonas erwartete sie in der Tür. Suna hatte ihn zwar noch nicht persönlich kennengelernt, da sie im Hinterzimmer gewesen war, als er bei der Wiedereröffnung des Hynsteblom aufgetaucht war. Dennoch erkannte sie ihn anhand der Fotos, die sie von ihm gesehen hatte, sofort. Ein wirklich gut aussehender Typ, dachte sie insgeheim. Sie konnte sich gut vorstellen, dass er vor allem Frauen sehr gut um den Finger wickeln konnte mit seinen strahlend grünen Augen und den dichten, hellbraunen Haaren.

Er blickte ihr mit einer eindeutig genervten Miene entgegen. Als er Fenja erkannte, spiegelte sich Verwunderung, vielleicht sogar Erschrecken auf seinem Gesicht, doch er fasste sich sehr schnell wieder und verzog seinen Mund zu einem Lächeln. Es wäre charmant gewesen, wenn es bis zu seinen Augen gereicht hätte. Doch Suna entging nicht, dass sein Blick kalt blieb.

»Fenja, was für eine Überraschung«, stieß er mit geheuchelter Freundlichkeit hervor. »Mit dir hatte ich jetzt überhaupt nicht gerechnet. Ich hatte ja gar keine Ahnung, dass du weißt, wo ich wohne.« Er blickte fragend zwischen den beiden Frauen hin und her, als erwartete er, dass Fenja ihm ihre Begleiterin vorstellte.

Diese sagte aber kein Wort, sondern starrte ihn nur an.

»Wir wissen so einiges, Jeremias«, gab Suna an ihrer Stelle zurück. »Oder sollen wir dich lieber Jonas nennen?«

Augenblicklich erstarb sein Lächeln. Er kniff die Augen zusammen, trat einen Schritt zurück und versuchte die Tür zuzuknallen. Doch Suna war etwas schneller als er. Sie setzte einen Fuß zwischen Tür und Schwelle und fing die Tür damit ab. Glücklicherweise trug sie derbe Winterstiefel, von denen die Wucht des Aufpralls etwas abgemildert wurde.

Ohne Schuhe hätte ich jetzt meine Fußknochen einzeln aufsammeln können, dachte sie wütend, während sie die Tür wieder aufzudrücken versuchte. Doch Jonas hielt von innen dagegen, sodass sie keine Chance hatte.

»Hör auf mit dem Kinderkram. Entweder du lässt uns jetzt rein und redest mit uns, oder du hast eine deftige Anzeige am Hals«, drohte sie leise.

Die Warnung verfehlte ihre Wirkung nicht. Einen Moment zögerte Jonas, gab dann aber nach und ließ die beiden Frauen eintreten.

»Wenn es denn sein muss«, brummte er widerwillig.

»Es muss sein«, bestätigte Suna mit fester Stimme. Sie wollte Jonas von Anfang an klarmachen, dass sie und Fenja sich nicht einschüchtern oder mit Ausreden abspeisen lassen würden. Sie wies auf die Sitzgruppe aus zwei kleinen Sofas und einem niedrigen Tisch, die den größten Teil des Wohnraums einnahm. »Setz dich!«

Jonas blickte sie feindselig an, gehorchte aber. Er ließ sich auf eines der Sofas fallen.

»Also, was willst du?«, knurrte er an Fenja gewandt. Anscheinend hatte er beschlossen, Suna völlig zu ignorieren und sich nur noch mit seiner Bekannten zu unterhalten.

»Eine Erklärung«, antwortete Fenja mit unsicherer Stimme, nachdem sie neben Suna auf dem anderen Sofa Platz genommen hatte. »Ich – ich dachte, wir wären inzwischen so etwas wie Freunde.«

»Freunde?« Jonas schnaubte verächtlich. »Nach allem, was passiert ist, soll ich ausgerechnet dich zur Freundin haben wollen? Du solltest ernsthaft deinen Geisteszustand untersuchen lassen.« Er starrte sie hasserfüllt an. »Und du verlangst eine Erklärung von mir? Du weißt doch anscheinend inzwischen ganz gut, wer ich bin. Dann sollte dir doch auch nicht entgangen sein, dass du meinen Bruder auf dem Gewissen hast. Das sollte als Erklärung doch ausreichen.«

»Es tut mir so leid, was mit Mark passiert ist«, sagte Fenja mit erstickter Stimme. Tränen standen in ihren Augen. »Aber du musst mir glauben, dass ich das nicht wollte. Ich habe mich doch nur gewehrt, weil Mark mich sonst umgebracht hätte.«

»Du lügst!«, schrie Jonas schrill und sprang auf. »So etwas hätte Mark nie gemacht. Niemals!«

Als Suna sah, dass Fenja zu einer Antwort ansetzen wollte, legte sie schnell ihre Hand auf ihren Arm und hielt sie zurück. Sie wusste, dass es nichts gebracht hätte, Jonas auf diesem Weg von Marks Aggressionen überzeugen zu wollen.

Daher öffnete sie ihre Tasche und holte das Foto von Fenjas Verletzungen hervor, das sie aus der Ermittlungsakte kopiert und vergrößert hatte. Sie legte es direkt vor Jonas auf den Tisch. Sie wusste, dass sie ihrer Auftraggeberin damit eine Menge zumutete, aber es schien ihr die einzige Möglichkeit zu sein, Jonas zu schockieren und zum Reden zu bringen.

»Sieht das für dich nach einer Lüge aus?«, fragte sie kühl.

Marks Pflegebruder starrte wortlos auf das Bild. Plötzlich schien seine ganze Energie verpufft zu sein. Kraftlos ließ er sich wieder auf das Sofa fallen. Das Entsetzen war ihm deutlich anzusehen. Endlich schien er einzusehen, dass die Gewalt nicht von Fenja ausgegangen war.

»Das – ich – oh mein Gott«, stammelte er hilflos.

Suna merkte, dass Fenja ähnlich geschockt reagierte. Ihr wurde klar, dass ihre Klientin das Foto vorher noch nicht zu Gesicht bekommen hatte. Sie atmete schnell und flach, und als Suna ihr beruhigend die Hand auf die Schulter legte, bemerkte sie deutlich ihr Zittern. Trotzdem beschloss die Ermittlerin, Jonas' momentane Betroffenheit auszunutzen.

»Weißt du, warum Mark damals nach Westerland gezogen ist?«, fragte sie in sachlichem Ton.

Jonas wandte den Blick nicht von dem Foto ab, doch er nickte leicht.

»Als ich zu den Katridis gekommen bin und wir uns angefreundet hatten, hat er immer davon gesprochen, dass er sich eines Tages an dem Mann rächen will, der seine Familie getötet hat«, begann er leise zu erzählen. »Als kleiner Junge hat mich das schwer beeindruckt, aber irgendwann habe ich das gar nicht mehr ernst genommen. Deshalb war ich auch wie vor den Kopf gestoßen, als er mir gesagt hat, dass er nach Sylt geht, um endlich seinen Plan in die Tat umzusetzen. Ich habe sogar noch versucht, ihn davon abzuhalten, weil ich mir Sorgen gemacht habe. Ich meine, er war doch immer der vernünftigere von uns beiden, und ich hatte echt Schiss, dass er Mist baut und in den Knast muss. Naja, aber er hat seinen Sturkopf dann doch durchgesetzt. In der ersten Zeit, als er hier auf der Insel war, haben wir ziemlich oft telefoniert. Er hat mir davon berichtet, dass er die Köhnes immer wieder beobachtet hat. Er wollte ihre Gewohnheiten herausfinden, um dann irgendwann zuschlagen zu können.«

Suna merkte, dass sich bei dem Gedanken an Marks Racheplan die kleinen Härchen in ihrem Nacken aufstellten, obwohl sie ja schon von Köhnes Witwe wusste, wie das Ganze ausgegangen war. Sie versuchte, das bedrückende Gefühl abzuschütteln.

»Aber das hat er nicht getan?«, hakte sie nach, um Jonas zum Weitersprechen zu bringen.

»Nein.« Er schüttelte den Kopf. »Es kam dann doch alles ganz anders. Bei seinen Beobachtungen hat er herausgefunden, wie schlecht es Köhne ging. Anfangs hat er es regelrecht genossen. Er hat gesagt, das geschieht dem Schwein recht und er kriegt nur, was er verdient hat. Aber im Lauf der Zeit hat sich seine Einstellung geändert. Kurz bevor Köhne gestorben ist, hat mich Mark mitten in der Nacht angerufen. Er hatte ziemlich viel getrunken, und ich war nicht gerade begeistert, dass er mich aus dem Bett geschmissen hat, vor allem, weil ich am nächsten Morgen eine Klausur schreiben musste. Aber dann hat er mir erzählt, dass er sich geirrt hat, dass der Tod seiner Eltern nämlich einfach nur ein schlimmes Unglück gewesen ist. Und dass letztendlich auch Köhne daran kaputt gegangen ist. Ich war natürlich unglaublich

erleichtert, weil ich wusste, dass er jetzt keine Dumm-
heiten mehr machen würde – bis ich dann plötzlich die
Nachricht gekriegt habe, dass Mark tot ist.«

Jonas verzog schmerzerfüllt das Gesicht, senkte den
Kopf und vergrub ihn in beiden Händen.

»Verdammte Scheiße!«, stieß er gequält hervor.

»Da warst du gerade in Australien«, ergänzte Suna, die
verhindern wollte, dass er aufhörte zu erzählen.

Jonas blickte wieder auf und nickte. Dann schnaubte er
verächtlich. »Ein toller Bruder bin ich. Ich war nicht mal
auf seiner Beerdigung. Aber ich bin kurz darauf zurück-
gekommen, weil ich es da unten nicht mehr ausgehalten
habe. Ich konnte nicht einfach so weitermachen, als ob
nichts passiert wäre. Deshalb bin ich hergekommen.«
Zum ersten Mal, seit er zu erzählen begonnen hatte,
wandte er sich an Fenja. »Ich wollte dir das Leben zur
Hölle machen, weil du mir den Menschen weggenommen
hast, der mir mehr bedeutet hat als jeder andere.«

»Du kanntest Mark doch am besten«, ergriff Suna
wieder das Wort, als Fenja nichts sagte. »Kannst du dir
einen Grund vorstellen, warum er auf Fenja losgegangen
ist?«

Jonas senkte betreten den Blick. »Nein. Ehrlich gesagt
habe ich das bisher auch gar nicht geglaubt. Die ganze
Notwehrgeschichte war für mich nichts als eine Lüge, ein
Versuch von Fenja, sich vor den Konsequenzen zu
drücken. Ich wusste ja nicht« – er starrte wieder auf das
Foto mit Fenjas Verletzungen – »wie das damals wirklich
ausgesehen hat.«

Er machte eine kurze Pause und sah Fenja nachdenklich an. »Weißt du, das letzte Mal, als ich mit Mark

gesprochen habe, schien er mir richtig glücklich zu sein. Er hatte endlich mit der Unfallgeschichte abgeschlossen – und ich glaube sogar, dass du für ihn mehr warst als eine Freundin. Deshalb wollte es mir auch überhaupt nicht in den Kopf, dass ausgerechnet du ihn abgestochen hast.«

Fenja hielt seinem Blick stand, obwohl ihre Augen feucht schimmerten. »Und da hast du beschlossen, mich mit den Schmierereien an meinem Laden, der Todesanzeige und dem Anruf in den Wahnsinn zu treiben«, sagte sie so leise, dass es kaum zu verstehen war.

Jonas nickte beschämt. Doch dann stutzte er plötzlich. »Welcher Anruf?«, fragte er verwundert.

»Fenja hat gestern Abend einen Anruf im Hynsteblom bekommen. Und sie ist sich sicher, dass sie Marks Stimme gehört hat«, erklärte Suna, ohne sich eine Gefühlsregung anmerken zu lassen.

Jonas runzelte die Stirn. Seine Verwirrung schien echt zu sein.

»Ich gebe zu, dass ich das Schaufenster beschmiert habe«, meinte er. »Das war echt idiotisch von mir. Und das mit der Todesanzeige war auch nicht gerade eine Glanzleistung. Aber ich schwöre, dass ich absolut nichts von einem Anruf mit Marks Stimme zu schaffen habe. Er senkte die Stimme, als er hinzufügte: »So etwas würde ich niemals tun. Das wäre Mark gegenüber total respektlos.«

*

»Und du glaubst Jonas, dass er nicht der Anrufer war?« Daniel sah Suna skeptisch an.

Die beiden hatten sich im Restaurant des Hotels *Fährhaus* getroffen, in dem Daniel auch ein Zimmer genommen hatte. Eigentlich hatte auch Fenja zu dem Treffen mitkommen wollen, um mehr über Sébastien zu erfahren. Aber nach dem Besuch bei Marks Pflegebruder hatte sie es doch vorgezogen, den Abend allein in ihrer Wohnung zu verbringen. Sie brauchte dringend ein bisschen Ruhe. Daher hatte Suna sie in der Nähe des Hynsteblom abgesetzt und war dann allein nach Munkmarsch gefahren.

Bei einem Glas Wein hatte Suna Daniel von ihrem Gespräch mit Jonas und von der Vorgeschichte erzählt, nachdem er ausführlich von der Suche nach seinem Bruder berichtet hatte.

»Ich wüsste nicht, welchen Grund er haben sollte, zu lügen«, gab Suna zurück. »Immerhin hat er ja auch zugegeben, dass er die Todesanzeige im Tageblatt aufgegeben hat und den Laden beschmiert hat. Und er wusste, dass Fenja ihn nicht anzeigen will. Um eine eventuelle Strafe kann es also auch nicht gegangen sein.«

»Aber wer war es dann?«

Suna zuckte die Achseln. »Fenja war sich ganz sicher, dass es Marks Stimme war, die sie gehört hat, deshalb glaube ich nicht, dass jemand sie nur imitiert hat. Theoretisch kann es also jeder gewesen sein, der Marks Stimme irgendwo aufgezeichnet hat, auf einer Mailbox oder einem Anrufbeantworter. Man braucht ja wirklich kein Technikfreak zu sein, um sich daraus einen passenden Satz zusammenzubasteln. Aber ich hoffe, dass ein Freund von mir bald herausfindet, von welchem

Anschluss der Anruf gekommen ist. Dann sind wir schlauer.«

Sie trank einen Schluck Wein und sah sich noch einmal im Fährhaus um. Jetzt in der Nebensaison war in dem Restaurant nicht viel los. Noch dazu war die Zeit für das Abendessen längst vorbei, sodass außer ihrem nur noch zwei Tische besetzt waren. Ihr war das ganz recht. Mit ihren ausgewaschenen Jeans, dem dicken Strickpullover und den Winterstiefeln fühlte sie sich in dem edlen Ambiente ziemlich unwohl, aber Daniel schien das völlig egal zu sein.

Oder er hat genug Anstand, mich nicht merken zu lassen, dass ihm mein Aufzug peinlich ist, dachte Suna und lächelte ihn kurz an.

»Hast du eigentlich von dem anderen Privatdetektiv, diesem Lobinski, noch etwas Neues über Sébastien erfahren?«, erkundigte sie sich.

Daniel schüttelte den Kopf. »Nicht direkt. Ich habe vorhin mit ihm telefoniert, und dabei hat er mir erzählt, dass er morgen ganz früh nach Westerland fahren will, um noch einige Nachforschungen anzustellen. Er ist wohl irgendetwas auf der Spur, wollte aber noch nichts Konkretes sagen, solange er keine Beweise hat.«

»Spricht eigentlich für eine seriöse Arbeitsweise.« Suna grinste. »Ganz im Gegensatz zu diesem Gramser. Der scheint ja nur hinter dem schnellen Geld hinterher zu sein. Ich hoffe wirklich, dass der Kerl irgendwann dafür verknackt wird.«

»Ich auch«, stimmte Daniel ihr grimmig zu. »Viel wichtiger wäre es mir allerdings, dass Fenja sich erinnert, woher sie meinen Bruder kennt. Das wäre endlich ein

Ansatzpunkt, mit dem wir vielleicht auf die richtige Spur kommen könnten.«

»Darauf würde ich nicht unbedingt setzen«, wandte Suna ein. »Ich habe einiges über dieses posttraumatische Belastungssyndrom gelesen, und dass Fenjas Erinnerung an den Abend vollständig zurückkommt, ist wohl ziemlich unwahrscheinlich. Trotzdem bin ich mir inzwischen beinahe sicher, dass wir uns von der Theorie der Staatsanwaltschaft, Mark hätte Fenja vergewaltigen wollen, endgültig verabschieden können. Hinter der Sache scheint mir einfach sehr viel mehr zu stecken.«

Daniel schwenkte nachdenklich sein Weinglas hin und her. »Meinst du, es könnte noch jemand an dem Abend dabei gewesen sein? Jemand, der mit Marks Tod zu tun haben könnte? Mein Bruder vielleicht?«

»Ehrlich gesagt würde ich es nicht ausschließen wollen, dass noch jemand beteiligt war. Die Tür zum Hynsteblom war ja offen, genauso wie die zu Fenjas Wohnung. Theoretisch hätte also jeder reinkommen können. Bei dem vielen Blut und den ganzen Fußabdrücken könnte ich mir gut vorstellen, dass im Nachhinein keine Spuren mehr gefunden worden wären, auch wenn noch ein Dritter anwesend war. Vor allem, weil die Situation ja klar gewesen zu sein schien und man deshalb nicht besonders gründlich gesucht hat. Aber was das alles mit deinem Bruder zu tun hat, da habe ich nicht einmal ansatzweise eine Ahnung. Ich hoffe wirklich für dich, dass er noch am Leben ist und du ihn bald findest.«

»Ja, das hoffe ich auch.« Daniel senkte traurig den Blick und schwieg eine Weile. »Hast du eigentlich Geschwister?«, fragte er Suna unvermittelt.

»Einen kleinen Bruder, Tjaard.« Suna lachte kurz auf. »Er ist ein Jahr jünger als ich und macht nichts als Ärger. Aber ich glaube, die Geschichte erzähle ich dir ein anderes Mal, die ist abendfüllend.« Als sie weitersprach, klang sie plötzlich traurig. »Und ich hatte mal eine große Schwester. Rieke war drei Jahre älter als ich. So richtig kennengelernt habe ich sie aber nicht. Sie starb bei einem Autounfall zusammen mit meiner Mutter, als ich neun war.«

Daniel sah sie bestürzt an. »Das tut mir leid. Ich wollte bestimmt keine alten Wunden aufreißen.«

»Schon gut.« Suna lächelte ihn an. »Das ist alles schon sehr lange her. Aber vielleicht verstehe ich dich dadurch etwas besser als andere.«

Daniel gab der Kellnerin einen kurzen Wink, ihnen noch eine Flasche Wein zu bringen, dann nickte er bedrückt. »Es gibt da eine Sache, die mich ziemlich fertigmacht, seitdem mein Bruder entführt wurde. Dafür möchte ich mich unbedingt bei ihm entschuldigen.«

Suna zog die Augenbrauen hoch. »Entschuldigen?«, wiederholte sie. »Wofür denn?«

»Kurz bevor die Männer kamen und uns überwältigt haben, habe ich mich noch mit Sébastien gestritten.« Daniel wirkte beinahe abwesend, während er sprach. Sein Blick war starr auf einen imaginären Punkt seitlich von Suna geheftet. »Es ging nur um eine Lappalie, aber das Letzte, was ich zu ihm gesagt habe – außer dass er wegrennen soll, meine ich – war, dass ich mir wünschte, keinen Bruder zu haben.«

### Samstag, 16. Februar

Viel später als sonst kam Suna am nächsten Morgen ins Hynsteblom. Fenja hatte schon aufgeschlossen und sah ihr trotz ihres blassen, übernächtigten Gesichts belustigt entgegen.

»Na, war wohl ein harter Abend gestern?«, grinste sie.

»Zumindest ist es ein bisschen später geworden als geplant«, gab Suna zu. »Daniel und ich haben ein paar Gläser Wein getrunken, und dann habe ich beschlossen, auch im Fährhaus zu übernachten. Natürlich auf eigene Rechnung«, fügte sie schnell hinzu.

Sie hatte bis spät in die Nacht mit Daniel zusammengesessen und die Möglichkeiten diskutiert, wie Marks Tod mit der Entführung von Sébastien zusammenhängen konnte. Zu einem brauchbaren Ergebnis waren sie aber nicht gekommen. Es gab einfach zu viele Unbekannte in dieser Rechnung.

Sie musterte Fenja besorgt. Ihre Auftraggeberin schien jeden Tag ein wenig dünner und blasser zu werden. »Und wie geht es dir? Hast du das Gespräch mit Jonas einigermaßen verdauen können?«

Fenja nickte. »Es war schon ganz schön hart für mich, als er wie selbstverständlich erklärt hat, dass er mir das Leben zur Hölle machen wollte. Aber ich bin trotzdem froh, dass wir das gestern noch geklärt haben. Jetzt geht es mir ein bisschen besser. Bloß das mit dem Anrufer macht mir noch ganz schön Angst.«

»Ich denke, da werden wir auch bald mehr erfahren«, versuchte Suna sie zu beruhigen. »Wenn sich Kobo nicht im Lauf des Vormittags meldet, rufe ich ihn noch mal an und trete ihm ein bisschen in den Hintern.«

Sie sah sich verwundert im Laden um. »Ist Carolin noch gar nicht da?«

Fenja schüttelte den Kopf. »Seltsamerweise noch nicht«, bestätigte sie. »Ich habe mich auch schon darüber gewundert. Normalerweise ist sie absolut zuverlässig. Aber vielleicht hat sie einfach nur verschlafen. Wenn sie in einer Viertelstunde noch nicht hier ist, versuche ich sie mal auf dem Handy zu erreichen.«

Sie zuckte erschreckt zusammen, als ein Telefon läutete. Die Angst vor einem erneuten Anruf mit Marks Stimme saß ihr anscheinend immer noch tief in den Knochen. Doch es war nicht das Telefon des Hynsteblom, sondern Sunas Handy.

Als Suna auf dem Display Kobos Nummer erkannte, lächelte sie entschuldigend, verzog sich ins Hinterzimmer des Ladens und schloss leise die Tür hinter sich.

»Du hast aber ganz schön lange gebraucht diesmal«, beschwerte sie sich anstatt einer Begrüßung.

An Kobo prallte der Vorwurf einfach ab. »Hatte halt noch viel zu tun«, gab er unbekümmert zurück.

»Jaja, ich weiß, der Highscore.« Suna grinste. »Aber ich hoffe, du hast auch ein bisschen was gearbeitet für dein Geld. Hat es sich wenigstens gelohnt?«

»Ich denke schon«, meinte Kobo mit deutlicher Zufriedenheit in der Stimme. »Also, zuerst mal zu dieser Carolin Becker. Soweit ich das von hier beurteilen kann, stimmen zumindest der Name und das Geburtsdatum, das du mir gegeben hast. Aber die junge Dame hat doch schon einiges erlebt, wenn ich das so sagen darf.«

Suna verdrehte die Augen. »Könntest du dich eventuell ein wenig konkreter ausdrücken?«

»Kann ich. Also, mit vierzehn ist sie zum ersten Mal von zuhause abgehauen, dann noch drei Mal in den nächsten eineinhalb Jahren. Ich nehme an, ihre familiären Verhältnisse waren nicht gerade berauschend, denn mit sechzehn hat sie dann wohl endgültig auf der Straße gelebt. Es gab zwei Verurteilungen wegen Drogenbesitz und eine sogar wegen illegaler Prostitution, aber da war sie dann schon volljährig. Außerdem hatte sie zwischendurch immer mal wieder wegen ein paar kleinerer Diebstähle Ärger mit der Polizei.«

»Irgendetwas in der letzten Zeit?«, erkundigte sich Suna interessiert.

»Das ist das eigentlich Erstaunliche an der Geschichte. Anscheinend hat sie doch irgendwann die Kurve gekriegt. Jedenfalls habe ich in den letzten drei Jahren nichts gefunden, und damit meine ich wirklich überhaupt nichts, nicht einmal einen Strafzettel wegen Falschparkens.«

»Kein Wunder, sie hat ja auch kein Auto«, erwiderte Suna grinsend, wurde jedoch schnell wieder ernst. »Aber du hast recht, das ist schon bemerkenswert. Dann hat sie es vielleicht tatsächlich geschafft, völlig neu anzufangen. Das packen nicht viele. Ich möchte allerdings wissen, ob Fenja von ihrer Vergangenheit weiß. Ich bin mir nicht sicher, ob ich an ihrer Stelle so jemanden eingestellt hätte.«

»Frag sie doch einfach«, schlug Kobo vor.

»Super Idee«, antwortete Suna mit ironischem Unterton in der Stimme. »Und wenn sie nichts davon wusste, hat sich das mit dem neuen Anfang von Carolin wahrscheinlich ganz schnell wieder erledigt. Nee, ich denke, ich werde lieber Carolin direkt darauf ansprechen, wenn ich die Gelegenheit dazu bekomme. Aber zum anderen Thema: Hast du rausgefunden, woher dieser fiese Anruf kam, den Fenja erhalten hat?«

»Jep. Und das war gar nicht so einfach, wie es sich vielleicht anhört.« Kobo machte eine Pause und genoss merklich seinen Triumph.«

»Also?«, drängte Suna ungeduldig.

»Der Anruf kam nicht von einem normalen Telefonanschluss, sondern von einem Computer. Deshalb hatte ich zuerst nur eine IP-Adresse. Aber ich wäre ja nicht ich, wenn ich damit nichts anfangen könnte. Also hab ich inzwischen sowohl den Namen als auch die Adresse von deinem Bösewicht. Und jetzt wird es interessant.«

»Du machst mich echt fertig. Jetzt spann mich doch nicht auf die Folter«, stöhnte Suna genervt, als Kobo schon wieder eine bedeutungsvolle Pause einlegte.

»Nicht so eilig.« Kobos Stimme war deutlich anzuhören, dass er am Feixen war. »Was ich noch fragen wollte: Gilt eigentlich für die Telefongespräche mit dir mein normaler Stundenlohn?«

»Nicht, wenn du sie künstlich in die Länge ziehst«, knurrte Suna. »Dann berechne ich dir meinerseits meinen Stundentarif, und das kommt gar nicht gut für dich, glaube es mir.«

Kobo lachte laut auf. »Okay, dann mache ich es lieber ganz kurz. Der Anruf kam ebenfalls aus Westerland, und zwar direkt aus dem Nachbarhaus des Hynsteblom. Und die IP-Adresse konnte ich einem Kristian Petersen zuordnen.«

\*

»Alles in Ordnung mit dir?«, erkundigte sich Fenja erstaunt, als Suna aus dem Hinterzimmer zurück in den Verkaufsraum des Hynsteblom kam. Offensichtlich war der Privatermittlerin deutlich anzumerken, dass ihr die letzte Nachricht ziemlich zugesetzt hatte. Den Fotografen hatte sie überhaupt nicht auf der Rechnung gehabt.

Sie lächelte ihre Klientin an. »Alles gut. Ich habe nur gerade erfahren, wer für den Anruf mit Marks Stimme verantwortlich ist. Das muss ich erst mal verdauen.«

Schlagartig veränderte sich Fenjas Gesichtsausdruck. Ihr Lächeln erstarb und in ihren Augen zeigte sich Angst.

»Wer?«, fragte sie heiser.

»So, wie es aussieht, kam der Anruf vom Laden nebenan, von Kristian Petersen.«

Fenja starrte sie mit offenem Mund an. »Kristian?«, wiederholte sie verständnislos. »Warum?«

»Ehrlich gesagt, ich habe keine Ahnung. Ich hatte gehofft, du könntest mir das sagen. Habt ihr irgendwelchen Ärger gehabt? Oder hat er sich mal für deinen Laden interessiert? Will er dich vielleicht hier raushaben, damit er sein eigenes Geschäft vergrößern kann?«

Ein paar Minuten starrte Fenja wie abwesend auf den Boden vor sich. »Nein. Nichts davon«, antwortete sie schließlich. Ihre Stimme klang ratlos. »Zumindest nicht, dass ich wüsste.«

»Oder weißt du, ob er irgendetwas mit Daniels Bruder zu tun hat?«, versuchte es Suna weiter. »Soweit ich weiß, hat er ihm bestätigt, dass er Sébastien letztes Jahr hier in Westerland mal gesehen hat.«

Während Fenja sie weiter anstarrte, wurde ihre Miene immer verzweifelter. »Ja, ich weiß, das hat Daniel uns ja erzählt. Aber mehr weiß ich darüber auch nicht.« Inzwischen liefen Tränen über ihr Gesicht. »Ich verstehe nicht, warum er so etwas macht. Wir sind schon so lange befreundet. Ich habe ihm doch gar nichts getan. Und ich verstehe auch nicht, wo Carolin bleibt. Sie ist noch nie einfach weggeblieben, ohne mir Bescheid zu sagen.«

»Sie kommt bestimmt gleich. Vielleicht hat sie einfach nur verschlafen«, warf Suna beruhigend ein, obwohl sie selbst nicht so ganz daran glaubte. Nach dem, was Kobo ihr vorher erzählt hatte, wollte Suna es nicht ausschließen, dass Carolin doch in irgendeiner Weise in den Fall verwickelt war und sich aus dem Staub gemacht hatte.

»Ich habe aber schon bei ihr zuhause angerufen«, erklärte Fenja. »Da geht niemand dran, obwohl ich es ewig habe klingeln lassen. Und auf dem Handy habe ich es auch schon versucht. Es ist ausgeschaltet.«

Suna runzelte die Stirn. »Hast du ihr eine Nachricht hinterlassen?«

»Natürlich. Aber sie hat nicht zurückgerufen«, antwortete Fenja kläglich. »Ich mache mir langsam wirklich Sorgen um sie. »Was ist, wenn ihr etwas passiert ist?«

»Du hast doch bestimmt einen Schlüssel für ihr Apartment, oder?«, wollte Suna wissen. Als ihre Auftraggeberin nickte, fuhr sie fort: »Dann schlage ich vor, du gehst jetzt rüber in ihre Wohnung und siehst da nach, ob sie vielleicht gestürzt ist oder einfach krank im Bett liegt. Ich bleibe solange hier und kümmere mich um den Laden. Und wenn du wieder zurück bist, überlegen wir gemeinsam, was wir wegen Kristian unternehmen können.«

»Ist gut.« Fenja nickte. Sie schien erleichtert zu sein, endlich etwas tun zu können. Sie holte ihre Jacke aus dem Hinterzimmer, setzte eine dicke Mütze auf und ging in Richtung Tür. Als sie den Türgriff schon in der Hand hatte, drehte sie sich noch einmal zu Suna um. »Und was mache ich, wenn ich Caro nicht in ihrer Wohnung finde?«

Suna sah sie nachdenklich an. »Dann sollten wir hoffen, dass nicht nur sie, sondern auch ihre Sachen nicht mehr da sind. Das hieße nämlich, dass sie freiwillig verschwunden ist.«

\*

Nervös lief Fenja wenig später die Treppe zu Carolins Ein-Zimmer-Apartment hinauf. Die Wohnung lag direkt unter dem Dach eines Mehrfamilienhauses am Ortsrand von Westerland.

Nachdem sie bei dem Haus angekommen war, hatte sie natürlich erst einmal geklingelt. In einer Mischung aus Hoffnung und Angst hatte sie gewartet, dass Carolin die Tür öffnen oder sich wenigstens über die Sprechanlage melden würde. Aber auch nach mehreren Versuchen war alles still geblieben. Also hatte Fenja mit Carolins Ersatzschlüssel, den sie ihr für Notfälle gegeben hatte, die Tür aufgeschlossen.

Als sie das oberste Stockwerk erreichte, hielt sie sich gar nicht erst damit auf, zu klingeln oder zu klopfen. Mit zitternden Fingern steckte sie den Schlüssel ins Türschloss und drehte ihn herum.

»Caro?«, rief Fenja vorsichtig, nachdem sie die Tür einen Spaltbreit geöffnet hatte. »Caro, bist du da?«

Keine Antwort.

Mit einem mulmigen Gefühl drückte Fenja die Tür ganz auf und betrat die Wohnung. Sie war schon ein paar Mal hier gewesen, trotzdem wunderte sie sich immer wieder darüber, wie klein der Raum war. Es passten gerade so eine Schlafcouch, ein kleiner Tisch mit zwei Stühlen, ein Schrank und eine Miniküche hinein.

Andererseits, dachte Fenja, war gerade das wahrscheinlich Carolins Glück. Wäre die Wohnung größer gewesen, hätte der Vermieter sie vermutlich längst in ein viel lukrativeres Ferienapartment umgewandelt, und dann hätte Carolin sehen können, wo sie blieb. Bezahlbarer Wohnraum war auf der Insel absolute Mangelware.

Rasch sah Fenja sich im Zimmer um. Wie immer war alles sauber und ordentlich. Das Bettzeug war im Bettkasten der Schlafcouch verstaut und in der Küche stand eine Schale mit frischem Obst. Fenja öffnete eine der Türen des Kleiderschranks. Soweit sie erkennen konnte, fehlte nichts. Sie schüttelte den Kopf. Es sah nicht danach aus, als hätte Carolin geplant, für längere Zeit wegzufahren.

An einer Seite des Raums führte eine schmale Tür ins Bad. Bevor Fenja die Tür öffnete, kam ihr ein hässliches Bild in den Sinn. Was war, wenn ihre Freundin in der Dusche ausgerutscht und mit dem Kopf aufgeschlagen war? Man hörte doch immer wieder von Leuten, die wochenlang tot in ihrer Wohnung lagen.

*Nein!*, dachte Fenja energisch und schob den Gedanken beiseite. Sie atmete einmal tief durch und drückte die Türklinke herunter. Das Bad war genauso ordentlich wie der Rest der Wohnung – und genauso leer.

Es brachte nichts. Hier kam sie nicht weiter.

Bevor Fenja die Wohnung ihrer Freundin wieder verließ, fiel ihr Blick auf den Garderobenhaken neben der Tür. Carolins brauner Daunenmantel, den sie im Winter meistens trug, fehlte, und auch ihre Lieblingsstiefel mit dem Lammfellfutter standen nicht an ihrem Platz. Alles sah danach aus, als wäre sie ganz normal zum Arbeiten gegangen. Nur dass sie dort nicht angekommen war.

»Verdammt, Caro«, murmelte Fenja leise. »Wo steckst du nur?«

*

»Noch eine Tasse Tee für Sie?«

Die Bedienung des kleinen Cafés, in dem Lobinski seit geraumer Zeit saß und das Gebäude schräg gegenüber beobachtete, schreckte ihn aus seinen Gedanken auf.

»Äh – ja, gern«, gab er geistesabwesend zurück. Er versuchte den Anschein zu erwecken, ganz in seine Sportzeitung vertieft zu sein.

Als er früh am Morgen in Westerland angekommen war, hatte er erfreut festgestellt, dass seinem Zielobjekt gegenüber das kleine Café mit angeschlossener Konditorei lag. Das war wesentlich gemütlicher als eine Observation im parkenden Auto, vor allem zu dieser Jahreszeit.

Er hatte bewusst einen der Tische am Fenster gewählt, bei dem er einen direkten Blick auf die Straße und die gegenüberliegende Häuserreihe hatte. Dann hatte er sich erst einmal mit einem großen Stück Friesentorte und einem heißen Tee gestärkt.

Inzwischen hatte er schon seine dritte Tasse Tee hinter sich, aber etwas Interessantes war bisher noch nicht zu beobachten gewesen.

Sein Zielobjekt war ein modernes, zweistöckiges Bürogebäude aus Stahl und Glas, das ganz in der Nähe der Westerländer Autoverladung lag und überhaupt nicht in die Gegend zu passen schien. Es wirkte einerseits protzig, andererseits aber auch seltsam stillos. Nur ein graviertes Glasschild am Eingang mit der Aufschrift *Konstantin Gramser – Private Ermittlungen aller Art* wies darauf hin, dass es sich um das Büro eines Kollegen handelte. Eines überaus erfolgreichen Kollegen, dachte Lobinski grimmig – oder eines überaus skrupellosen. Allein das Grundstück, auf dem das Haus stand, war vermutlich mehr wert, als er selbst jemals hätte aufbringen können.

»Hier, bitte, Ihr Tee«, sagte die Bedienung plötzlich neben ihm und stellte ihm eine neue Tasse hin. Dabei lächelte sie ihn freundlich an.

Lobinski murmelte eine Dankesfloskel und drückte der hübschen Blondine wie jedes Mal das abgezählte Kleingeld plus Trinkgeld in die Hand. Bei Observationen hatte er es sich angewöhnt, immer sofort zu bezahlen, falls er schnell aufbrechen musste, um die Zielperson zu verfolgen.

Demonstrativ beschäftigte er sich anschließend wieder mit seiner Zeitung.

Kurz, nachdem er sich in das Café gesetzt hatte, waren innerhalb weniger Minuten drei Männer und eine Frau in das Haus gegangen. Einer davon war Gramser gewesen, den er anhand der Videos auf der Homepage der Detektei sofort erkannt hatte, auch wenn er nicht ganz so geschniegelt ausgesehen hatte wie bei seiner Selbstdarstellung vor der Kamera. Bei den anderen handelte es sich um seine Mitarbeiter, vermutete Lobinski. Die beiden Männer hatten das Gebäude inzwischen schon wieder verlassen und waren wahrscheinlich zu einem Auftrag unterwegs. Die Frau schien als Sekretärin oder Empfangsdame zu arbeiten und befand sich nach wie vor im Haus.

Eine knappe halbe Stunde zuvor hatte Lobinski dann noch ein Paar mittleren Alters ausmachen können, das die Detektei betreten hatte, anscheinend Klienten von Gramser. Sie schienen einiges mit dem Detektiv zu besprechen haben, denn sie hatten das Gebäude bisher noch nicht wieder verlassen.

In dem Moment, als er den ersten Schluck des frisch aufgebrühten Tees trank und sich dabei fast die Zunge verbrannte, öffnete sich die Tür von Gramsers Büro und das Paar kam heraus.

Lobinski richtete sich interessiert auf. Es war nicht zu übersehen, dass sich der Gemütszustand der beiden deutlich verändert hatte. Der Mann stierte regungslos geradeaus, als habe er gerade einen Schock erlitten, während die Frau eine Hand vor den Mund presste. Ihre Augen und ihre Nase waren vom Weinen gerötet.

Einen Augenblick überlegte Lobinski, dann sprang er auf. Im Hinausgehen zog er sich die Jacke an, rief der erstaunten Bedienung einen kurzen Abschiedsgruß zu und verließ das Café. Mit möglichst lässigem Gang folgte er dem Paar, das sich in gemächlichem Tempo auf das Zentrum von Westerland zubewegte. Es ging ihm nicht darum, dass die beiden ihn nicht entdeckten. Die Gefahr war sowieso äußerst gering, da sie viel zu sehr mit sich selbst beschäftigt waren. Doch er wollte nicht, dass Gramser bemerkte, dass seine Klienten verfolgt wurden, falls er ihnen hinterher sah.

Er folgte dem Paar um zwei Straßenecken. Als keine Möglichkeit des Sichtkontakts mehr zu Gramsers Büro bestand, beschleunigte er seine Schritte.

»Entschuldigen Sie bitte«, rief er den beiden zu, als sie fast eingeholt hatte.

Während die Frau den Kopf senkte, drehte der Mann sich zu ihm um und sah ihn stirnrunzelnd an.

»Ja?«, fragte er verwirrt.

»Entschuldigen Sie bitte, dass ich Sie einfach so anspreche«, wiederholte Lobinski. Er versuchte, einen möglichst seriösen Gesichtsausdruck aufzusetzen. »Ich müsste dringend mit Ihnen reden.«

»Das ist jetzt ganz ungünstig«, wehrte der Mann ab und wandte sich wieder zum Gehen. Doch Lobinski wollte nicht so schnell klein beigeben.

»Bitte, es ist wirklich wichtig. Es geht um Ihr ver-misstes Kind.« Es war ein Schuss ins Blaue, eine einfache Vermutung. Lobinski hatte genug Berufserfahrung, um zu wissen, dass ein Paar, das sich so benahm wie die beiden, meistens in großer Sorge um das wichtigste war, was sie im Leben hatten. Und das waren nun einmal die Kinder. Und da sie eine Detektei aufgesucht hatten, lag es nahe, dass es sich um einen Vermisstenfall handelte. Die Reaktion des Mannes sagte ihm, dass er einen Volltreffer gelandet hatte, denn er riss erstaunt die Augen auf.

»Was – was wissen Sie darüber?«

»Eigentlich nichts«, gab Lobinski zu. Auch wenn er so viel wie möglich über Gramser herausfinden wollte, war das noch lange kein Grund, den beiden falsche Hoffnungen zu machen. Eine kleine Notlüge dagegen tat niemandem weh und schaffte ein Gefühl der Iden-tifikation. »Mein Name ist Peter Lobinski. Ich bin Privatdetektiv aus Hamburg und arbeite ebenfalls für ein Elternpaar, das seinen vermissten Sohn sucht. Geht es bei Ihnen auch um Ihren Sohn?«

Die beiden wechselten einen kurzen Blick, dann nickte die Frau ihrem Mann beinahe unmerklich zu.

»Unsere Tochter, Melanie«, erwiderte sie gepresst. »Sie ist erst siebzehn.« Sie schluchzte laut auf und schlug beide Hände vor das Gesicht.

»Bitte entschuldigen Sie, wir haben gerade eine niederschmetternde Nachricht bekommen«, erklärte der Mann. »Mein Name ist übrigens Klaus Niemeyer, und das ist meine Frau Brigitte.« Er reichte Lobinski die Hand.

Der nickte verständnisvoll. »Ich habe gesehen, dass Sie gerade aus dem Büro meines Kollegen gekommen sind, Konstantin Gramser. Haben Sie ihn mit der Suche nach Melanie beauftragt?« Als Niemeyer das bestätigte, fuhr der Privatdetektiv fort: »Ihnen mag die Frage vielleicht merkwürdig vorkommen, aber wie sind Sie ausgerechnet auf ihn gekommen?«

Niemeyer blickte ihn etwas verwirrt an. »Das sind wir gar nicht. Er ist auf uns zugekommen. Melanie ist nicht erst seit Kurzem verschwunden, sondern schon seit vier Jahren. Die Polizei kümmert sich nach so langer Zeit natürlich kaum noch um den Fall, deshalb haben wir selbst die Initiative ergriffen und nach ihr gesucht. Wir haben eine Internetseite einrichten lassen, Plakate gedruckt und so weiter. Und irgendwann haben wir dann einen Anruf von Gramser bekommen, dass er bei der Suche nach einem anderen vermissten Jugendlichen zufällig auf sie gestoßen ist. Sie war im letzten Sommer mit einer Gruppe von jungen Leuten hier auf Sylt unterwegs.«

Lobinski lachte freudlos auf. »Lassen Sie mich raten. Sie ist inzwischen ins Ausland gereist, und Gramser hat sie für viel Geld ausfindig gemacht. Aber bevor seine Leute sie nach Deutschland zurückbringen konnten, hat sie das Land schon wieder verlassen und ist jetzt irgendwo weit weg von hier. Und als Beweis, dass es wirklich Melanie ist, hat er Ihnen Fotos von ihr vorgelegt.«

»Woher wissen Sie das?«, stammelte Niemeyer verständnislos.

Lobinski schüttelte den Kopf. »Das kann ich Ihnen leider nicht sagen. Zumindest nicht, solange ich keine Beweise habe. Ich möchte Sie nur um eines bitten: Seien Sie äußerst vorsichtig, was Gramsers Versprechen angeht. Ich fürchte, man kann ihm nicht trauen.«

*

Als Fenja ins Hynsteblom zurückkehrte, sah ihr Suna sofort an, dass sie Carolin nicht gefunden hatte. Sie wirkte niedergeschlagen und ratlos.

Suna bestärkte das nur in ihrem Entschluss. Nachdem Fenja gegangen war, hatte das Telefon des Hynsteblom geklingelt. Suna hatte schon geahnt, was folgen würde, als sie auf dem Display gesehen hatte, dass die Nummer des Anrufers unterdrückt gewesen war. Tatsächlich hatte sich eine Stimme gemeldet, die Suna zwar nicht kannte, die sie aber sofort zuordnen konnte. »*Ich komme und hole dich*«, hatte sie gesagt. Obwohl Suna wusste, dass es sich um eine einfache Aufzeichnung handeln musste, hatte sie eine Gänsehaut bekommen. Sie hatte sofort aufgelegt. Beinahe ebenso schnell hatte sie entschieden, dass sie Fenja nichts von dem Anruf sagen würde. Ihre Klientin war auch so schon durcheinander genug und viel zu sehr mit dem Verschwinden ihrer besten Freundin beschäftigt.

»Nichts?«, fragte sie nur, als Fenja mit hängenden Schultern den Laden betrat.

Fenja schüttelte den Kopf und verzog unglücklich das Gesicht. »In ihrer Wohnung war Carolin nicht. Ihre Sachen sind aber noch da. Nur ihre Jacke und die Stiefel fehlen. Ich habe dann auch noch bei ihrem Nachbarn geklingelt. Das ist ein ganz netter Typ, der ab und zu Pakete für sie annimmt und so etwas. Aber der hat auch keine Ahnung, wo sie stecken könnte.«

»Jetzt mach dir mal nicht zu viele Sorgen«, redete Suna beruhigend auf sie ein. »So lange ist sie ja noch nicht weg. Wenn sie nicht innerhalb der nächsten zwei, drei Stunden auftaucht, können wir immer noch etwas unternehmen.

Hast du denn noch einmal probiert, sie auf dem Handy zu erreichen?«

»Ein paar Mal. Es geht immer sofort die Mailbox dran. Ich habe ihr schon einen ganzen Roman draufgequatscht. Und ich habe sogar im Krankenhaus angerufen, ob sie dort eingeliefert worden ist.« Fenja lächelte verlegen. »Aber auch das war erfolglos. Auf dem Rückweg habe ich übrigens auch noch über Kristian nachgedacht. Bist du sicher, dass der Anruf von seinem Anschluss kam?«

»Von seinem Computer«, berichtigte Suna. »Er muss eine Aufzeichnung von Marks Stimme haben, die er zusammengeschnitten und dann abgespielt hat.«

Fenja lehnte sich matt an eines der Regale im Verkaufsraum. »Ich verstehe das nicht. Mir fällt immer noch kein Grund ein, warum er etwas gegen mich haben könnte.«

»Naja, es gäbe da schon gewisse Möglichkeiten, das herauszufinden«, begann Suna vorsichtig. Als Fenja nicht darauf reagierte, sprach sie einfach weiter. »Die eine wäre, ihn direkt damit zu konfrontieren, wie wir das bei Jonas gemacht haben. Allerdings war bei ihm das Motiv ja relativ klar, er musste es nur noch zugeben. Bei Kristian sieht das ein bisschen anders aus. Wenn er alles abstreitet, sind wir immer noch nicht schlauer als vorher, haben ihn aber damit gewarnt. Deshalb würde ich eher etwas anderes vorschlagen.«

Fenja blickte auf, als Suna eine Pause einlegte. »Und das wäre?«

»Ich könnte auf seinem Handy eine Spionagesoftware installieren. So können wir seine Gespräche mithören, seine SMS lesen und das Handy sogar ziemlich genau orten.« Suna zog eine Grimasse. »Ich muss dich allerdings vorwarnen, denn das ist nicht ganz legal, wenn der Besitzer des Handys nicht zugestimmt hat. Das heißt, wir würden uns damit strafbar machen. Falls er die Software entdeckt und uns anzeigt, könnten wir ein paar Scherereien haben.«

Fenja schnaubte verächtlich. »Weißt du was, das ist mir ehrlich gesagt vollkommen egal. Wenn er wirklich etwas mit dem Anruf zu tun hat, würde ich noch ganz andere Sachen machen, um ihn festzunageln.«

»Okay, dann machen wir das.« Suna grinste. »Und ich muss zugeben, so gefällst du mir schon viel besser.«

Die beiden besprachen kurz, wie sie vorgehen wollten. Dann griff Fenja zum Telefon und wählte Kristians Nummer.

»Hey Kris, ich bin's, Fenja«, meldete sie sich, nachdem er abgenommen hatte. »Ich habe eine ganz dringende Bitte an dich. Könntest du kurz rüberkommen und mir helfen? Ich brauche unbedingt einen starken Mann.« Sie nickte Fenja mit einem verschwörerischen Lächeln zu und reckte den Daumen in die Luft zum Zeichen, dass er zugesagt hatte.

Keine zwei Minuten später kam Kristian ins Hynsteblom. Suna hatte schon befürchtet, dass er für den kurzen Weg auf seine Jacke verzichteten würde, doch das Wetter war so schlecht, dass er sie selbst für die paar Meter zwischen den Ladentüren übergeworfen hatte. Er zog sie aus und hängte sie nachlässig an einen der Kleiderständer mit den Sylt-Blusen in der Nähe des Eingangs.

Gerade als Fenja ihm erklären wollte, was sie vorhatte, klingelte sein Handy. Er zog es aus seiner Jackentasche und grinste sie entschuldigend an. Das Gespräch ging wohl um einen seiner Aufträge und bestand nur aus ein paar kurzen Sätzen. Nachdem es beendet war, steckte er das Telefon wieder in die Jacke.

»Der Retter in der Not ist da«, verkündete er. »Was gibt es denn?«

»Es geht um die Skulptur.« Fenja wies auf eine große, abstrahierte Darstellung eines Leuchtturms aus Stein, Holz und Stahl. »Ich finde, dass sie da unten auf dem Boden gar nicht richtig zur Geltung kommt. Hier auf dem Tresen könnte ich sie mit dem richtigen Licht viel besser in Szene setzen, findest du nicht?«

Kristian legte den Kopf schief und betrachtete den vorgesehenen Standort. »Hm, könnte schon ganz gut wirken. Willst du es mal ausprobieren?« Er bückte sich, um die schwere Skulptur vom Boden hochzuheben.

Währenddessen war Suna zu dem Kleiderständer mit den Blusen getreten und hatte blitzschnell Kristians Jacke nach seinem Handy abgesucht. Er hatte es in die Innentasche gesteckt. Als sie es herauszog, stellte sie erleichtert fest, dass es nach dem gerade geführten Gespräch noch nicht wieder gesperrt war. Das vereinfachte die Sache ungemein.

Sie verzog sich hinter eines der Regale und tat so, als sortiere sie die darin stehenden Bücher. Tatsächlich startete sie aber den Download der Software, die in Zukunft alle Informationen direkt auf ihr eigenes Handy schicken würde.

»Ich glaube, ein Stückchen weiter zur Wand hin sähe es noch besser aus«, hörte sie Fenjas Stimme sagen, als die Spionagesoftware fertig installiert war. Ein deutliches

Zeichen, dass sie sich beeilen musste. Sie ging wie zufällig an dem Kleiderständer vorbei und ließ das Handy wieder in die Innentasche der Jacke zurückgleiten.

»Danke, dass du mir geholfen hast«, sagte Fenja gerade. »Das war wirklich unheimlich lieb von dir.«

Kristian winkte lässig ab. »Keine Ursache. Bei dem Mistwetter kommt sowieso kein Schwein in den Laden. Aber ich muss jetzt wieder rüber, die Abrechnung für letzten Monat wartet noch. Bis später dann.«

Nachdem sich die Tür hinter ihm geschlossen hatte, sah Fenja Suna fragend an.

»Hat es geklappt?«, fragte sie ängstlich.

Suna grinste zufrieden. »Klar. Wenn alles gut läuft, wissen wir bald Bescheid, um was es hier eigentlich geht.«

*

Die Bedienung in dem kleinen Café hatte zwar etwas verwundert ausgesehen, als Lobinski wieder an seinem Tisch am Fenster Position bezogen hatte, aber sie hatte ihm ohne eine spöttische Bemerkung eine frische Tasse Tee gebracht.

Nachdem er wieder sofort bezahlt hatte, zog er sein Handy aus der Jackentasche und wählte die Nummer seines Auftraggebers. Doch Daniel Lemarchant ging nicht an sein Telefon. Nur die Mailbox meldete sich.

Der Privatdetektiv entschied sich dafür, ihm eine kurze Nachricht zu hinterlassen. »Hier Lobinski. Wir sollten uns unbedingt treffen. Ich habe interessante Neuigkeiten für Sie. Rufen Sie mich doch bitte kurz zurück, wenn Sie Zeit haben.«

Noch während er das Telefon wieder einsteckte, sah er eine Bewegung vor dem observierten Haus. Es war Gramser. Der Detektiv trat aus der Eingangstür, sah sich nach rechts und links um und lief dann zu seinem am Straßenrand geparkten Auto, einem schweren, schwarzen Geländewagen.

Lobinski zögerte nicht lange. Schnell schnappte er sich wieder seine Jacke und eilte aus dem Café. Aus dem Augenwinkel registrierte er noch, dass die Bedienung kopfschüttelnd seine Tasse wieder abräumte, die er noch nicht einmal angerührt hatte.

Er rannte zu seinem Auto, das er glücklicherweise nur ein paar Meter weiter geparkt hatte. Auf eventuelle Beobachter aus Gramsers Büro konnte er in dieser Situation keine Rücksicht nehmen. Er wollte wissen, was dieser Kerl trieb, und dafür musste er in der nächsten Zeit rund um die Uhr an ihm dranbleiben.

Als er seinen Wagen erreichte, sprang er hinein, startete den Motor und schoss aus der Parklücke. Er konnte gerade noch erkennen, dass Gramser in Richtung Süden abbog. Mit möglichst gleichbleibendem Abstand folgte er ihm. Inzwischen hatte ein roter Kleinwagen zwischen ihnen eingefädelt. Lobinski war das ganz recht. Es verminderte die Gefahr, dass Gramser ihn entdeckte, erheblich.

Der schwarze Geländewagen fuhr jetzt auf die Straße Richtung Rantum. Leider war die Fahrerin des roten Kleinwagens noch in Westerland abgebogen, sodass kein anderes Auto mehr zwischen ihnen war.

Lobinski ließ sich ein Stück zurückfallen. Wenn Gramser die Beschattung auffiel, war sein Auftrag so gut wie gescheitert. Das wollte er auf keinen Fall riskieren. Und auch mit großem Abstand wäre es nicht schwer zu erkennen, wenn er irgendwo abbog.

Aber Gramser folgte immer weiter der Straße Richtung Süden. Erst einige Kilometer hinter Rantum setzte er plötzlich den Blinker und bog nach rechts in einen schmalen Weg ein, der in die Dünen führte.

Lobinski runzelte die Stirn. Er fragte sich, was der andere vorhatte, bei diesem Wetter in Richtung Strand zu fahren. Ein geheimes Treffen vielleicht?

Er blinkte ebenfalls und fuhr langsam den Weg entlang. Trotz des schlechten Wetters hatte er die Scheinwerfer ausgeschaltet, um Gramser nicht unnötig vorzuwarnen. Die grauen Dünen wirkten jetzt im Februar trostlos. Der böige Wind riss am Strandhafer und schleuderte Sand gegen den Wagen. Wieder fragte sich Lobinski, was Gramser hier wollte.

Als er um eine scharfe Kurve bog, erschrak er und stoppte seinen Wagen sofort. Direkt vor ihm stand der schwarze Geländewagen und versperrte den Weg. Schnell legte Lobinski den Rückwärtsgang ein. Er hoffte, dass Gramser ihn noch nicht entdeckt hatte.

Aber er kam nicht weit. Ein weißer Volvo fuhr aus der Richtung, aus der er selbst gekommen war, heran und kam nur knapp hinter seinem Wagen zum Stehen. Die Türen öffneten sich und zwei Männer stiegen aus. Lobinski erkannte sie sofort: Es waren die beiden Mitarbeiter von Gramser, die er am Morgen bei der Detektei beobachtet hatte. Lässig schlenderten sie auf ihn zu.

Auch Gramser war inzwischen aus seinem Wagen gestiegen. Er gab Lobinski mit einer Geste zu verstehen, dass er mit ihm reden wollte.

Lobinski hatte keine Chance zu entkommen. Er wusste, dass er aufgeflogen war. Er atmete einmal tief durch und öffnete die Tür. Sofort packte ihn einer von Gramsers Männern, ein Glatzkopf mit Stiernacken, an der Jacke und zog ihn von seinem Sitz.

»Na, wen haben wir denn da?«, fragte Gramser mit schmeichelnder Stimme. »Wenn das nicht mein geschätzter Kollege Peter Lobinski aus Hamburg ist.«

Lobinski kniff die Augen zusammen, sagte aber nichts. Er versuchte, sich seine Überraschung nicht anmerken zu lassen. Gramser hatte seine Hausaufgaben gemacht, das war klar. Er hatte anscheinend nicht nur bemerkt, dass er observiert worden war, sondern anhand von Lobinskis Autokennzeichen auch noch herausgefunden, wer auf ihn angesetzt war. Gar nicht schlecht für die kurze Zeit, das musste er ihm zugestehen.

»Dann erklär mir doch mal, warum du meine Klienten belästigst«, verlangte Gramser und starrte ihn mit durchdringendem Blick an. Trotz seines vermeintlich freundlichen Lächelns lag ein drohendes Funkeln in seinen grauen Augen. »Wer hat dir den Auftrag erteilt?«

Lobinski hielt dem Blick des anderen stand. Er sagte nichts.

Der Stiernacken, der ihn immer noch fest im Griff hatte, gab ihm einen kräftigen Stoß in den Rücken. »Rede endlich«, knurrte er.

Lobinski konnte ein Stöhnen nicht unterdrücken. Der Schmerz fuhr ihm den Rücken entlang bis ins Genick.

Trotzdem weigerte er sich, seinen Auftraggeber preiszugeben.

»Ich will wissen, für wen du mich ausspionierst«, brüllte Gramser ihn an. Er ballte die Hand zur Faust und schlug ihm brutal ins Gesicht.

Da Stiernacken ihn fest im Griff hatte, blieb Lobinski keine Chance, dem Schlag auszuweichen oder ihn abzuwehren. Ein stechender Schmerz durchzuckte ihn und er merkte, wie seine Unterlippe aufplatzte. Er schmeckte Blut.

Trotzdem gelang ihm ein Grinsen. »Gib dir keine Mühe, Gramser«, sagte er höhnisch. »Wer mein Klient ist, kann dir völlig gleichgültig sein. Du bist längst aufgeflogen. Ich weiß, was du mit den Eltern der vermissten Kinder abziehst. Und ich weiß auch, was du vor fünfzehn Jahren in Lausanne getrieben hast.«

Noch bevor Lobinski den Satz zu Ende gebracht hatte, wusste er, dass er einen Fehler gemacht hatte.

*

Es war kalt, eiskalt.

Carolin zitterte, als sie langsam wieder zu sich kam. Sie konnte sich nicht erinnern, jemals in ihrem Leben so gefroren zu haben.

Sie versuchte sich zu orientieren, aber sie hatte keine Ahnung, wo sie sich befand. In ihrem Bett war sie jedenfalls nicht. Sie lag auf etwas sehr Hartem. Vorsichtig tastete sie mit den Händen. Es fühlte sich nach Stein oder Beton an, der mit einer dünnen Schicht aus Sand bedeckt war. Und auch er war kalt und ein wenig feucht.

Noch schlimmer als die Kälte aber war die Dunkelheit. Um Carolin herum herrschte völlige Schwärze. Nicht einmal ein winziger Lichtschimmer drang an ihre Augen. Dass sie sich in einem geschlossenen Raum befand, war ihr sofort klar. Die Luft roch muffig und abgestanden, sogar ein bisschen faulig.

Wo zum Teufel hatte man sie hingebracht?

Behutsam hob sie den Kopf, ließ ihn aber sofort mit einem Aufstöhnen wieder sinken. Ein tiefer, dröhnender Schmerz hämmerte in ihrem Schädel. Sie konnte sich noch daran erinnern, dass er ihr eine Spritze gegeben hatte, wusste aber nicht, was für ein Medikament darin enthalten gewesen war. Anscheinend ein ziemlich starkes Beruhigungsmittel, denn es hatte sie völlig umgehauen.

Sie versuchte sich irgendwie daran zu erinnern, wie lange sie schon hier gelegen hatte. Ein paar Minuten? Mehrere Stunden? Oder sogar noch länger? Sie wusste es nicht.

»Hilfe!«, schrie sie, so laut sie konnte. »Hilfe! Ich bin hier eingesperrt!«

Aber es kam keine Reaktion.

Angestrengt und mit angehaltenem Atem lauschte sie. Waren irgendwo Stimmen oder andere Geräusche, die verrieten, dass jemand in der Nähe war? Irgendeinen Hinweis musste es doch geben!

Doch sie hörte nichts bis auf ein gleichmäßig auf- und abschwellendes Rauschen, das sie gut kannte. Sie musste sich recht nah am Meer befinden. Und sie war allein. Vollkommen allein.

Trotz ihrer hämmernden Kopfschmerzen zwang sie sich dazu, sich langsam aufzusetzen. Sie wollte aufstehen, aber da sie nicht das Geringste sehen konnte, tastete sie erst mit den Händen in alle Richtungen. Der Boden fühlte sich eben und einigermaßen glatt an, und an einer Seite konnte sie eine Wand ertasten. Vorsichtig richtete sie sich auf, hielt dabei aber ständig eine Hand über den Kopf, weil sie nicht wusste, wann sie an die Decke oder ein anderes Hindernis stoßen würde. Doch selbst als sie ganz aufrecht stand und die Hand nach oben streckte, konnte sie die Decke nicht erreichen. Der Raum musste also ziemlich hoch sein.

Mit einer Hand an der Wand, die andere wie einen Blindenstock vor sich hin- und herschwingend schob sie sich vorwärts. Sie folgte dem Umriss des Raumes, wobei sie vorsichtig einen Fuß vor den anderen setzte. Als sie in eine Pfütze mit Wasser trat, zuckte sie erschreckt zusammen, biss aber die Zähne aufeinander und lief weiter. Dabei zählte sie die Zimmerecken. Als sie bei fünf ankam, war sie sich sicher, ihr Gefängnis umrundet zu haben, ohne auf eine Tür gestoßen zu sein.

Sie spürte die aufsteigende Panik, zwang sich aber zur Ruhe.

»*Ich hole dich da so schnell wie möglich wieder raus*«, murmelte sie wie ein Mantra immer wieder vor sich hin. Diesen Satz hatte er ihr ins Ohr geflüstert, bevor die Wirkung der Spritze eingesetzt hatte. Und daran hielt sie sich jetzt fest.

Sie wiederholte die Umrundung des Raums, tastete diesmal aber die gesamte Höhe der Wand ab. Vielleicht gab es weiter oben oder unten eine Luke, durch die sie aus diesem verdammten Gefängnis entkommen konnte. Als sie erfolglos wieder in der Ecke angekommen war, in der sie mit ihrer Suche begonnen hatte, ließ sie sich entmutigt an der Wand hinabgleiten und blieb matt am Boden sitzen.

Plötzlich hatte sie eine Idee.

Beinahe hätte sie laut aufgelacht. Dass sie darauf nicht schon viel früher gekommen war! Sie tastete in ihren Jackentaschen nach ihrem Telefon. Aber sie fand es nicht. Er musste es ihr abgenommen haben, bevor er sie hier eingesperrt hatte. Resigniert ließ sie den Kopf sinken. Sie biss die Zähne zusammen, damit sie beim Zittern nicht aufeinanderschlugen, und schlang die Arme um sich. Zum Glück trug sie ihren dicken Daunenmantel und die gefütterten Stiefel. So war die Kälte wenigstens einigermaßen zu ertragen.

»Ich hole dich da so schnell wie möglich wieder raus«, murmelte sie weiter. Sie wollte daran glauben, nein, sie *musste* daran glauben.

Doch dann fing sie laut an zu schluchzen.

»Bitte«, flehte sie, »bitte beeil dich!«

*

Suna saß im Hinterzimmer des Hynsteblom und verfolgte gelangweilt Kristians Aktivitäten auf seinem Handy.

Fenja hatte den Laden gerade geschlossen und zählte die Tageseinnahmen. Während des Nachmittags hatte sie alle Freunde von Carolin abtelefoniert, die sie kannte, aber niemand hatte etwas von ihr gehört.

Suna überlegte, ob sie ihr von der bewegten Vergangenheit ihrer Freundin erzählen sollte, entschied sich aber dagegen. Das würde ihnen in dieser Situation nicht weiterhelfen, konnte aber das Vertrauen völlig zerstören, das Fenja zu Carolin hatte.

Ihre Gedanken wurden von Fenja unterbrochen, die den Kopf zur Tür hereinstreckte.

»Und?«, erkundigte sie sich. »Hat er schon etwas Interessantes von sich gegeben?«

Suna merkte, dass Fenja betont gelassen wirken wollte, ihre Anspannung aber kaum verbergen konnte. Sie schüttelte den Kopf.

»Er ist seit mehr als eineinhalb Stunden in einem Internet-Forum für Fotografen unterwegs und diskutiert irgendwelches Fachchinesisch über Objektivweiten, RAW-Dateien und Belichtungen. Ich sage dir, manchmal nervt mein Job ganz schön.«

Fenja lachte. »Vielleicht kann ich dich ja mit einem guten Essen trösten. Ich wollte jetzt hochgehen und etwas kochen. Hast du Hunger?«

»Unbedingt«, seufzte Suna. In diesem Moment klingelte ihr Telefon. »Es ist Daniel«, teilte sie Fenja nach einem kurzen Blick auf das Display mit. »Geh ruhig schon vor, ich komme in ein paar Minuten nach, okay?«

Sie wartete ab, bis sie Fenjas Schritte auf der Treppe nach oben hörte, bevor sie das Gespräch annahm.

»Es tut mir leid, wenn ich dir auf die Nerven gehe«, entschuldigte sich Daniel, nachdem er Suna begrüßt hatte. »Ich wollte nur nachfragen, ob sich Fenja wieder an irgendetwas erinnern kann.«

»Nein, leider nicht. Sie hat sich noch ein paar Mal das Bild angesehen, das du uns hiergelassen hast, aber auch das hat nichts gebracht.«

»Und gibt es sonst Neuigkeiten?«

Suna zögerte einen Moment, entschied dann aber, dass sie Daniel voll vertrauen konnte. »Allerdings«, bestätigte sie. »Wir haben inzwischen herausgefunden, dass Fenjas Nachbar Kristian für die mysteriösen Anrufe mit Marks Stimme verantwortlich ist, wissen aber noch nicht, welches Motiv dahintersteckt.«

»Kristian?«, wiederholte Daniel. »Ist das nicht der Fotograf? Derjenige, der sich als Einziger daran erinnert hat, Lukas oder Sébastien gesehen zu haben?«

Suna nickte »Genau der. Das Ganze wird immer merkwürdiger. Es gibt da nämlich noch etwas, das uns gewaltige Sorgen bereitet. Carolin ist den ganzen Tag nicht im Hynsteblom aufgetaucht. In ihrer Wohnung ist sie auch nicht und ihr Telefon ist abgeschaltet. Man könnte sagen, sie ist spurlos verschwunden.«

Einen Moment herrschte Schweigen. Dann sagte Daniel düster: »Nicht nur sie. Erinnerst du dich an den Privatdetektiv, den ich beauftragt habe, Peter Lobinski? Heute Vormittag hat er mich noch angerufen, dass er mich dringend treffen wollte, weil er etwas herausgefunden hat. Ich probiere es schon seit Stunden auf seinem Handy und in seinem Hotel, aber er ist einfach nicht zu erreichen.«

## Sonntag, 17. Februar

Ein dumpfes Geräusch weckte Carolin. Sie schlug die Augen auf, doch an der Dunkelheit um sie herum hatte sich nichts geändert. Sie sah nichts, absolut nichts.

Aber sie hörte etwas. Zu dem stetigen Auf und Ab der Wellen kam jetzt ein scharrendes, schleifendes Geräusch. Es schien von oben zu kommen. Irgendjemand war ganz in ihrer Nähe.

Blitzschnell richtete sie sich auf und öffnete den Mund, um zu schreien. Aber ihre Kehle war so trocken, dass sie kaum mehr als ein Krächzen zustande brachte.

»Hilfe! Hilfe, ich bin hier unten!«

Selbst in ihren an die Stille gewöhnten Ohren kam ihr ihre Stimme lächerlich leise vor. Trotzdem schien man sie gehört zu haben. Ein Knirschen ertönte schräg über ihr, und plötzlich fiel ein greller Lichtstrahl auf ihr Gesicht.

Geblendet kniff sie die Augen zusammen. Trotzdem hätte sie vor Erleichterung beinahe aufgeschluchzt. Dort oben war jemand mit einer Taschenlampe. Und er hatte sie gesehen. Sie war sich sicher, dass es nun bis zu ihrer Rettung nicht mehr lange dauern konnte.

Wieder hörte sie das Schaben. Sie hielt die Hand vor die Augen, um sie gegen das helle Licht abzuschirmen, und versuchte zu erkennen, was über ihr vor sich ging.

Plötzlich fiel etwas Großes, Schweres herunter und landete mit einem dumpfen Geräusch auf dem Betonboden. Carolin machte erschreckt einen Schritt rückwärts und presste sich schutzsuchend mit dem Rücken gegen die Wand. Entsetzt beobachtete sie, wie sich die Luke über ihr wieder schloss und der Lichtstrahl verschwand.

»Nein!«, brachte sie mühsam hervor. Sie bemühte sich, ihren stoßweise gehenden Atem wieder einigermaßen unter Kontrolle zu bringen, aber es gelang ihr nicht. Sie fragte sich, ob es Einbildung gewesen war oder ob sie wirklich im Schein der Taschenlampe die Silhouette eines Menschen gesehen hatte, den man in ihr Verlies geworfen hatte.

Sie unterdrückte einen Schluchzer und tastete sich vorsichtig auf allen Vieren kriechend in die Richtung vor, in die der Körper liegen musste. Nach dem grellen Licht der Taschenlampe kam ihr die Dunkelheit umso bedrohlicher vor.

Es dauerte nicht lange, bis ihre Finger auf etwas Weiches, Nachgiebiges stießen. Ein grober, sich klamm anfühlender Stoff, vielleicht eine Jacke.

»Hallo? Können Sie mich hören? Bitte antworten Sie doch«, flehte sie heiser, doch alles blieb still.

Sie kniete sich hin und tastete jetzt mit beiden Händen, bis sie sicher war, dass es sich um einen Ärmel handelte. Langsam ließ sie ihre Finger aufwärts wandern, bis sie einen Kragen fühlte, und darüber Haut. *Kalte Haut.*

»Hallo?«, wiederholte sie. Ihre Stimme hatte einen hysterischen Ton angenommen. »Geht es Ihnen nicht gut? Brauchen Sie Hilfe?«

Obwohl sie bereits ahnte, dass sie keine Antwort bekommen würde, tastete sie sich weiter vor. Als sie Haare fühlte und darüber eine kalte, klebrige Masse, schrie sie schrill auf. Mit einer ruckartigen Bewegung wich sie von dem toten Körper zurück.

Der arme Kerl vor ihr würde nie wieder etwas sagen. Jemand hatte ihm den Schädel eingeschlagen.

Carolin kauerte sich wieder an die Wand, schlang die Arme um die angezogenen Knie und begann hemmungslos zu schluchzen.

Inzwischen war ihr klar geworden, dass sie ihr Gefängnis niemals lebend verlassen würde.

*

Der Sturm wurde immer stärker. Suna drehte sich mit dem Rücken gegen die beißenden Windböen und schirmte ihr Gesicht mit dem Arm ab, während sie gegen die Tür des Hynsteblom klopfte.

»Da bist du ja.« Fenja schloss Suna die Tür des Ladens auf und ließ sie eintreten. Anschließend drehte sie den Schlüssel wieder herum.

Suna sah sie verwundert an. »Ich dachte, du wolltest heute öffnen?«

Normalerweise war das Hynsteblom in der Nebensaison sonntags geschlossen, doch wegen des Biikebrennens, das in der folgenden Woche stattfinden sollte und immer viele Touristen nach Sylt lockte, hatte Fenja vorgehabt, eine Ausnahme zu machen. Nach dem langen Ausfall brauchte sie die Einnahmen dringend.

»Das hat heute sowieso keinen Sinn.« Fenja machte eine wegwerfende Handbewegung. »Bei dem Wetter wird sich kaum ein Kunde in den Laden verirren. Hast du es noch nicht gehört? Für heute gibt es eine schwere Sturmflutwarnung. Es kommt andauernd im Radio.«

Suna schüttelte den Kopf. »Ich war bisher vollkommen damit beschäftigt, Kristians Handy-Aktivitäten zu verfolgen. Der Typ scheint nichts Besseres zu tun zu haben, als die ganze Zeit zu telefonieren, zu chatten und zu surfen. Erst vor ein paar Minuten hat er endlich eine Pause eingelegt. Wenn ich das richtig mitbekommen habe, ist er gerade für einen Auftrag auf dem Festland, irgendwo in der Nähe von Flensburg.« Sie verzog das Gesicht zu einer Grimasse. »Ich nehme an, du hast weder gestern Abend noch heute Morgen einen Anruf mit Marks Stimme bekommen?«

»Da hast du recht. Aber ehrlich gesagt wäre es mir auch ziemlich egal gewesen.« Fenja zuckte die Achseln. »Seitdem ich weiß, dass Kristian dahintersteckt, machte es mich gar nicht mehr so fertig. Schlimm war eigentlich nur der erste Schock. Außerdem habe ich im Moment andere Sorgen.«

»Du meinst Carolin? Hast du immer noch nichts von ihr gehört?«

»Nein, leider nicht«, gab Fenja bedrückt zurück. »Ich habe gestern Abend noch alle Freunde und Bekannten verrückt gemacht und jedem eingebläut, dass er mir sofort Bescheid sagen soll, wenn er sie sieht oder mit ihr telefoniert, aber absolut erfolglos. Keiner weiß etwas, keiner hat etwas von ihr gehört. Deshalb habe ich überlegt, ob ich nicht doch besser zur Polizei gehen und sie als vermisst melden sollte.«

Suna verzog skeptisch das Gesicht. Carolin war volljährig und konnte gehen, wohin sie wollte. Solange es keinen Hinweis darauf gab, dass ihr etwas zugestoßen war, würde die Polizei kaum etwas unternehmen, um sie aufzuspüren. Fenjas Überzeugung, dass ihre Freundin sonst immer zuverlässig in den Laden gekommen war, reichte da nicht aus. Erst recht nicht, wenn man Carolins Vorstrafenregister in die Überlegung miteinbezog, dachte Suna missmutig. Aber das würde sie Fenja so natürlich nicht sagen.

»Ich denke, die Polizei wird momentan völlig mit der Sturmflut beschäftigt sein. Ich glaube nicht, dass sie sich da um Vermisste kümmern. Zumindest nicht um welche, die bereits erwachsen sind«, meinte sie stattdessen ausweichend.

Fenja nickte bekümmert. »Ja, das fürchte ich auch. Ich würde es dir übrigens nicht übel nehmen, wenn du dich lieber bis morgen oder übermorgen aufs Festland verziehst. Noch fährt der Shuttle.«

»Du meinst, es wird so schlimm?«

Fenja lachte über Sunas erschrecktes Gesicht. »Naja, gemütlich wird es bestimmt nicht, auch wenn ich nicht glaube, dass ganz Sylt absaufen wird.«

Einen Moment zögerte Suna, doch dann schüttelte sie entschlossen den Kopf. »Nein, ist schon okay, ich bleibe hier.« Ihr Blick fiel auf einige Umzugskartons, die auseinandergefaltet an der Wand neben der Treppe lehnten. »Brauchst du noch Hilfe bei den Vorbereitungen?«

»Unbedingt.« Fenja zog eine Grimasse. »Das ganze Zeug muss nach oben in meine Wohnung. Zuerst natürlich die empfindlichen und besonders wertvollen Sachen.«

»Okay.« Suna schnappte sich einen der Kartons und begann ihn zu falten. »Glaubst du wirklich, der Laden könnte überschwemmt werden?«, erkundigte sie sich stirnrunzelnd.

»Man weiß nie«, unkte Fenja. Dann lachte sie. »Ich denke nicht, dass wir in der Nordsee absaufen, aber der Regen und der Sturm machen mir schon ein bisschen Angst. Vor zwei Jahren hat mir der Sturm mal das Schaufenster eingedrückt, und alles ist nass geregnet. Die Hälfte der Sachen konnte ich hinterher wegschmeißen. Ich habe zwar eine Versicherung, aber die übernimmt nicht alle Schäden. Wenn mir das noch mal passiert, bin ich erledigt.«

Suna grinste. »Dann sollten wir uns wohl lieber beeilen.«

Während sie Schmuckstücke, Bücher, Skulpturen und Bilder einwickelte und in Kartons verpackte, warf sie immer wieder einen Blick auf ihr Handy. Erstaunlicherweise blieb alles ruhig. Kristian schien anderweitig beschäftigt zu sein.

Fenja war gerade nach oben in ihre Wohnung gegangen, als jemand plötzlich heftig gegen die Tür des Hynsteblom hämmerte. Suna erkannte Daniel, der draußen im inzwischen strömenden Regen stand. Schnell nahm sie den Schlüssel vom Tresen und ließ ihn herein. Eine kalte Windböe fegte herein und brachte das Zeitungspapier, in das sie die Verkaufsware verpackt hatte, zum Flattern. Suna hatte Mühe, die Tür wieder zuzudrücken.

»Was für ein Wetter«, knurrte Daniel, während er seinen Mantel auszog und eine Pfütze Regenwasser auf dem Fliesenboden hinterließ. »Bei uns in den Bergen gibt es ja auch oft heftige Unwetter, aber so etwas habe ich noch nicht erlebt.«

»Hallo Daniel.« Fenja kam mit einem neuen Stapel leerer Kartons die Treppe hinunter. »Du willst doch nicht etwa helfen, meine Ware in Sicherheit zu bringen?«

Daniel verzog sein Gesicht zu einem breiten Grinsen. »Naja, eigentlich bin ich hergekommen, um euch zu fragen, ob ihr etwas von Lobinski gehört habt. Aber wenn ihr Hilfe braucht, könnt ihr mich dafür selbstverständlich auch einspannen.« Unaufgefordert begann er, handbemalte Tassen und Teller in Papier zu wickeln und vorsichtig in einen Karton zu stapeln.

»Heißt das, du hast ihn immer noch nicht erreicht?« Suna biss sich besorgt auf die Unterlippe. Als Daniel den Kopf schüttelte, hielt sie mit ihrer Arbeit inne. »Das gefällt mir überhaupt nicht. Von Carolin gibt es bisher auch noch kein Lebenszeichen. Es kann doch kein Zufall sein, dass am gleichen Ort zwei Menschen innerhalb von ein paar Stunden spurlos verschwinden.«

»Nun, wenn die beiden noch auf der Insel sind, kommen sie in der nächsten Zeit auch nicht weg«, ergriff Fenja das Wort. »Als ich gerade eben oben in der Wohnung war, habe ich im Radio gehört, dass der Betrieb des Sylt-Shuttle für heute eingestellt worden ist. Und die Fähren fahren auch nicht mehr.« Sie lächelte gequält. »Das bedeutet natürlich auch für euch, dass ihr hier erst mal festsitzt. Wenn ihr heute doch noch aufs Festland wollt, bleibt nur zu Fuß gehen oder schwimmen.«

*

Carolin kauerte mit dem Rücken an die Wand gelehnt in ihrem Verlies, die Arme eng um sich geschlungen und den Kopf auf die Knie gelehnt. Ihre Zähne klapperten vor Kälte.

Zwischendurch war sie immer wieder aufgestanden, um auf der Stelle zu laufen und sich auf diese Weise warm zu halten. Aber jetzt fehlte ihr dafür die Kraft.

Außerdem quälte sie der Durst. Sie erinnerte sich an die Pfütze auf dem Boden, in die sie am Anfang ihrer Gefangenschaft getreten war. Irgendwann würde sie vielleicht hinkriechen und das Wasser aufschlürfen, um nicht zu verdursten, aber soweit war sie noch lange nicht. Sie hatte keine Ahnung, was in dem fauligen Wasser alles enthalten war, und außerdem befand sich die Pfütze ganz in der Nähe der Stelle, an der die Leiche lag. Vielleicht lag sie sogar teilweise *darin*. Sie presste sich noch etwas enger an die Wand und zwang sich, an etwas anderes zu denken.

Sie lauschte auf das immer wiederkehrende Geräusch des Meeres. Es hatte etwas Tröstliches, aber irgendwie auch etwas Bedrohliches an sich. Täuschte sie sich oder war es tatsächlich lauter geworden? Sie schüttelte den Kopf. Bestimmt spielten ihr ihre Sinne nur einen Streich.

Sie dachte an Fenja, die einzige wirkliche Freundin, die sie jemals gehabt hatte. Sicher, sie kannte eine Menge Leute in Berlin, aber zu denen hatte sie den Kontakt längst abgebrochen. Mit ihrem alten Leben wollte sie nichts mehr zu tun haben. Und von den Leuten, die sie auf Sylt kennengelernt hatte, würde sie nur Fenja als Freundin bezeichnen. Die anderen waren allenfalls gute Bekannte. Inzwischen bereute sie es, dass sie ihr nichts über ihre Vergangenheit erzählt hatte. Sie hätte es bestimmt verstanden, das war sich Carolin inzwischen sicher. Aber jetzt war es zu spät.

Was würde Fenja über sie denken, wenn sie nie wieder auftauchte? Sie lachte freudlos auf. Nun, eigentlich war das ja klar. Wenn sie etwas über ihr Vorleben erfuhr, musste sie davon ausgehen, dass Carolin eine von den vielen war, die es nicht geschafft hatten, sich auf Dauer aus dem Drogensumpf zu befreien.

Carolin spürte die heißen Tränen, die über ihre Wangen liefen, aber sie brachte nicht einmal mehr die Kraft auf, sie wegzuwischen.

Doch plötzlich zuckte sie zusammen. Sie hatte das Gefühl, in etwas Nassem zu sitzen. Vorsichtig tastete sie mit der Hand auf den Boden – und griff in eiskaltes Wasser, das sich langsam über den Boden ausbreitete.

Sofort sprang sie auf. Zuerst begriff sie nicht, was vor sich ging, doch dann dämmerte es ihr.

Inzwischen war sie sich sicher, dass sie sich nicht geirrt hatte, was das Geräusch der Wellen anging. Es war lauter geworden, weil die Flut kam. Und jetzt wusste sie auch, woher die Wasserpfütze weiter vorn stammte. Der Raum musste so tief liegen, dass die Flut das Wasser der See hineindrückte.

Panik stieg in ihr auf. Wenn ihr Gefängnis so knapp über dem Meeresspiegel lag, dass schon die normalen Gezeiten Spuren hinterließen, konnte es verdammt eng werden. Falls der Sturm nicht deutlich schwächer geworden war, konnte das Wasser um einiges höher steigen als gewöhnlich. Und dann konnte sie in diesem elenden Verlies ertrinken.

Sie spürte, wie das Wasser langsam durch die Nähte ihrer Stiefel drang. Es schmerzte beinahe, so kalt fühlte es sich an.

Panik stieg in ihr auf.

Sie wollte nicht ertrinken, schon gar nicht hier, in diesem dunklen, stinkenden Loch.

Doch dann durchzuckte sie ein Gedanke. Sie wusste, wie es Menschen im kalten Wasser erging.

»Nein«, sagte sie laut und lachte hysterisch auf. »Ich werde hier nicht ertrinken. Bis das Wasser so hoch steigt, dass ich nicht mehr stehen kann, bin ich längst an Unterkühlung gestorben.«

*

Der Sturm hatte nicht nachgelassen. In unregelmäßigen Abständen peitschte er den Regen gegen das große Schaufenster des Hynsteblom. Dann übertönte das Prasseln beinahe alle anderen Geräusche im Inneren des Ladens, und der Druck der Böen brachte das Glas zum Klirren.

Immer wieder wanderte Fenjas Blick besorgt zum Schaufenster. Aber noch hielt die Scheibe dem Wetter stand.

Fenja, Suna und Daniel waren immer noch damit beschäftigt, alles Wertvolle in Sicherheit zu bringen. In bedrückter Stimmung packten sie die Waren des Hynsteblom in Kartons und trugen sie nach oben in Fenjas Wohnung. Dabei sprachen sie kaum. Alle hingen ihren Gedanken nach.

Als Sunas Handy mit einem lauten Piepen signalisierte, dass Kristian ein Telefonat führte, zog sie es sofort aus ihrer Tasche und hielt es ans Ohr. Sie hoffte, endlich mehr über das Motiv seiner Anrufe herauszufinden, wenn sie sonst schon nicht weiterkamen. Die Nummer, die Kristian gewählt hatte, kannte sie nicht. Doch als der Angerufene sich meldete, riss sie erstaunt die Augen auf.

Fenja und Daniel hielten mit dem Einpacken inne und sahen sie fragend an.

»Kristian telefoniert mit Gramser«, flüsterte sie den beiden zu und stellte das Telefon auf Lautsprecher um, sodass alle mithören konnten.

»Du musst sie unbedingt da rausholen. Ich hänge hier auf dem Festland fest und komme nicht mehr rüber auf die Insel. Wenn die Flut so hoch wird wie angekündigt, ertrinkt sie«, klang Kristians leicht verzerrte Stimme aus dem Lautsprecher.

Gramser lachte höhnisch auf. »Na und? Ein Problem weniger. Sei doch froh, wenn der Sturm uns das abnimmt. Dann müssen wir uns nicht selbst um die Beseitigung kümmern.«

Fenja starrte entsetzt auf das Telefon in Sunas Hand. Die Hände hatte sie fest zu Fäusten geballt. Als sie den Blick hob und Suna ansah, formte sie stumm das Wort »*Carolin?*« mit den Lippen.

Suna nickte mit zusammengepressten Lippen.

»Beseitigung?«, fragte Kristian tonlos. Er klang schockiert. »Aber du hast doch gesagt, wir sperren sie nur solange ein, bis wir uns mit der Kohle aus dem Staub machen können.«

Wieder ertönte Gramsers Lachen. »Und das hast du geglaubt?«, erwiderte er kalt. »Ich werde doch jetzt nicht abhauen. Jetzt, wo es gerade so gut läuft. Wir haben doch noch ein paar fette Kühe auf der Weide, die unbedingt gemolken werden wollen.«

Suna sah zu Daniel hinüber, der die Augen zusammenkniff und angewidert das Gesicht verzog.

»Bitte«, flehte Kristian. »Bitte hol sie da raus. Ich verspreche dir, ich werde dafür sorgen, dass sie nichts sagt. Ich ...

Plötzlich herrschte Stille. Mit einem Knacken brach die Verbindung ab. Gleichzeitig ging das Licht aus. Nur das Tosen des Sturms war noch zu hören.

»Was ist denn jetzt los?«, schrie Fenja panisch.

»Stromausfall, so ein Mist«, knurrte Suna. Sie blickte auf das Display ihres Telefons. »Und das Handynetz scheint es auch erwischt zu haben. Zumindest wird keine Verbindung angezeigt.« Sie wandte sich an Fenja. »Probier mal, ob das Festnetz noch funktioniert.«

Fenja nahm den Hörer des Telefons ab und hielt ihn ans Ohr. Dann schüttelte sie bedrückt den Kopf. »Alles tot«, sagte sie leise. »Was machen wir denn jetzt? Oh mein Gott, Carolin ertrinkt!«

»Wichtig ist erst einmal, dass wir ruhig bleiben.« Suna fuhr sich mit der Hand durch die kurzen Haare. »Lasst uns kurz überlegen. Wir wissen, dass Carolin noch auf Sylt ist, sonst hätte Kristian nicht Gramser um Hilfe gebeten. Sie muss an irgendeinem Ort sein, den die Flut direkt erreicht, also wahrscheinlich an der Küste. Das Versteck muss so knapp über dem Meeresspiegel liegen, dass es bei der normalen Fluthöhe trocken bleibt, bei höherem Wasserstand aber überschwemmt wird.«

»Und Carolin ist eingesperrt«, führte Daniel den Gedanken weiter. »Es muss also ein abschließbarer Raum oder etwas Ähnliches sein, zu dem selten Leute kommen. Ich glaube nicht, dass Gramser dumm genug wäre, eine zufällige Entdeckung zu riskieren.«

Fenja war inzwischen aufgesprungen und lief unruhig hin und her. »Aber wo?«, fragte sie mit schriller Stimme. »Wo kann sie nur sein?«

Suna stand ebenfalls auf. Sie packte ihre Auftraggeberin an beiden Oberarmen und zwang sie, ihr ins Gesicht zu sehen.

»Fenja, du kennst dich hier am besten aus«, sagte sie in ruhigem, aber eindringlichem Tonfall. »Denk nach. Wo könnte Kristian sie hingebracht haben?«

»Ich – ich weiß nicht.« Fenja presste verzweifelt die Hand auf den Mund. Dann lief sie zu der großen Landkarte von Sylt, die an einer Wand im Hinterzimmer des Hynsteblom hing. Mit den Augen suchte sie die Karte nach möglichen Verstecken ab.

»Ich tippe am ehesten auf die Westküste. Da ist die Flut am bedrohlichsten«, murmelte sie wie zu sich selbst. Das Wattenmeer können wir wohl ausschließen. Da gibt es nichts, was sich eignen würde.« Plötzlich hellte sich ihre Miene auf. »Oben in Listland gibt es ein Hotel ganz nah an der Küste, das gerade leer steht. Vielleicht gibt es dort einen Schuppen oder so etwas ...« Sie brach ab. »Nein, das ist Unsinn.«

»Nein, wieso? Das hört sich doch ganz gut an«, widersprach Suna hastig.

Fenja schüttelte niedergeschlagen den Kopf. »Das Hotel wird gerade von Grund auf saniert. Da sind ganze Horden von Handwerkern im Einsatz. Ich glaube nicht, dass man dort jemanden unbemerkt festhalten könnte.«

»Aber die Idee war doch schon sehr gut«, warf Daniel ein. »Ein leer stehendes Haus an der Küste würde sich geradezu anbieten.«

Fenja schnaubte verächtlich. »Hast du eine Ahnung, wie viele Ferienhäuser auf Sylt zu dieser Jahreszeit leerstehen? Wenn wir die alle absuchen wollen ...«

Sie stockte. Dann änderte sich ihr Gesichtsausdruck schlagartig. Plötzlich schien sie wieder Hoffnung zu schöpfen.

»Die Burmeister-Villa!«, stieß sie hervor.

Suna blickte sie verständnislos an. »Was?«

»Die Burmeister-Villa«, wiederholte Fenja aufgeregt. »In den achtziger Jahren hat sich ein Industrieller namens Burmeister eine Ferienvilla an den Strand gestellt, ungefähr hier.« Sie zeigte auf eine Stelle einige Kilometer südlich von Rantum. »Den meisten Einheimischen war von Anfang an klar, dass das nicht gut gehen konnte, weil er viel zu nah am Wasser gebaut hat, aber irgendwie hat er damals bei der Bauverwaltung sein Vorhaben durchgekriegt, fragt mich besser nicht, wie. Jedenfalls kam es, wie es kommen musste. Die See hat allen gezeigt, dass mit den Naturgewalten nicht zu spaßen ist. Jetzt ist das Haus nur noch eine hässliche Ruine und durch die Unterspülung der Fundamente nicht mehr bewohnbar. Eigentlich sollten die jetzigen Eigentümer, eine Erbengemeinschaft, das Haus längst abgerissen haben, aber sie verklagen sich ständig gegenseitig wegen der Kosten.«

Suna überlegte einen Moment. »Das hört sich nach einem guten Versteck an. Möglich wäre das schon.«

»Nein«, widersprach Fenja mit neuer Energie. »Das ist nicht nur möglich. Ich bin mir sicher, dass Carolin dort gefangen gehalten wird. Ich weiß nämlich, dass Kristian zurzeit den Schlüssel zu dem Haus hat, weil er dort irgendein Foto-Shooting gemacht hat. Er hat es mir erst vor ein paar Tagen erzählt.«

\*

Zum mindestens hundertsten Mal an diesem Tag verfluchte Gerald Bachert seinen Boss. Er stellte den Motor des weißen Volvos wieder an, damit die Heizung wenigstens ein bisschen wohlige Wärme ins Innere des Fahrzeugs brachte, auch wenn es sofort wieder abkühlte, sobald er den Motor ausstellte.

Er zog die Mütze ein Stück weiter über seinen kahl geschorenen Schädel und sah durch das Objektiv seiner Kamera zum Hynsteblom hinüber. Schon seit einer halben Ewigkeit hockte dieser Lemarchant da drin und trieb sonst was mit den beiden Frauen.

Eigentlich hätte Bachert aussteigen müssen, um den Laden im Auge zu behalten. Aber das war wirklich zu viel verlangt bei diesem Scheißwetter. Also war er mit seinem Wagen einfach ein Stück in die Fußgängerzone hineingefahren. Alle waren mit den Vorbereitungen auf die Sturmflut beschäftigt, da interessierte das kein Schwein. Trotzdem wäre sein Boss ausgerastet, wenn er davon erfahren hätte, dass Bachert mit dem Wagen in der Fußgängerzone stand. Er duldete keine kleinen Ordnungswidrigkeiten, die die Bullen auf ihn aufmerksam machen konnten.

»Weißt du, wie sie in New York die Verbrechensrate massiv gesenkt haben?«, hatte er ihn einmal gefragt. »Ich erklär es dir. Sie kontrollieren penibel die Fahrkarten in der U-Bahn und lassen Schwarzfahren nicht durchgehen. Und weißt du auch warum? Wer ein Verbrechen vorhat, kauft sich dazu nicht extra einen Fahrschein.«

Bachert wusste nicht, ob die Geschichte stimmte. Und eigentlich war es ihm auch vollkommen egal. Wenn man ihn fragte, hatte sein Boss sowieso einen Schatten, diesen Schweizer rund um die Uhr beobachten zu lassen. Sicher, der Kerl hatte Lobinski beauftragt, die Wahrheit über Gramsers Machenschaften aufzudecken. So viel hatten sie aus dem anderen Privatschnüffler herausgeprügelt. Aber das hieß ja noch lange nicht, dass sein Auftraggeber über alles Bescheid wusste. Am einfachsten wäre es sowieso gewesen, Lemarchant gleich mit kaltzumachen und zu Lobinski in den Kellerraum zu schmeißen. Mit ein bisschen Glück würde die Sturmflut das Haus noch heute abreißen und die jämmerlichen Überreste des Kerls mit sich aufs offene Meer hinausziehen. Und wenn nicht, konnte man ja immer noch ein wenig nachhelfen.

Bachert stutzte, als er eine Bewegung beim Hynsteblom bemerkte. Er nahm seine Kamera wieder hoch und stellte das Objektiv scharf. Es war Lemarchant, der den Laden verließ, zusammen mit dieser anderen Schnepfe, Suna Lürssen. »Ein nettes Paar«, murmelte Bachert höhnisch.

Geduckt kämpften sich die beiden durch den Sturm hin zu Lemarchants Mietwagen, einem silbergrauen Geländewagen, der dem, den sein Chef fuhr, sehr ähnlich war.

Als sie einstiegen und wegfuhren, folgte ihnen Bachert mit angemessenem Abstand. Die Scheinwerfer ließ er dabei ausgeschaltet. Auch wenn der Himmel durch die dicken Wolken dunkelgrau war, war es doch immer noch Tag.

Während er hinter den beiden herfuhr, wurde die Furche über seiner Nasenwurzel immer tiefer. Was er sah, gefiel ihm überhaupt nicht. Sie schlugen den Weg Richtung Rantum ein, und das konnte eigentlich nur eines bedeuten.

Hektisch griff er nach seinem Telefon und wählte die Nummer seines Bosses.

»Verfluchter Mist«, brüllte er dann und schmiss das Handy auf den Beifahrersitz. Er bekam keine Verbindung. Die Leitung war tot.

Er musste seinen Boss warnen. Kurz entschlossen riss er das Lenkrad herum, wendete den Wagen und raste in Richtung Kampen zu Konstantin Gramsers Villa.

\*

Die Scheibenwischer liefen auf höchster Geschwindigkeit. Trotzdem schafften sie es kaum, die Regenmassen zu bewältigen, die auf die Windschutzscheibe von Daniels Mietwagen prasselten.

Während Suna angestrengt den rechten Straßenrand im Auge behielt, versuchte Daniel, den Wagen einigermaßen in der Spur zu halten. Immer wieder wurde der von schweren Sturmböen erfasst und zur Seite gedrückt, sodass Daniel gegenlenken musste.

Es schien immer dunkler zu werden. Obwohl es erst früher Nachmittag war, ließen die dunkelgrauen Wolken am Himmel beinahe den Eindruck entstehen, dass die Abenddämmerung bereits eingesetzt hatte. Zudem waren die Scheiben wegen ihrer nassen Jacken von innen beschlagen. Immer wieder wischte Suna mit der Hand über das Glas des Seitenfensters, um überhaupt nach draußen blicken zu können.

»Hier!«, rief sie plötzlich aufgeregt. »Hier muss es sein, es ist genauso, wie Fenja es beschrieben hat.«

Fast hätte sie den schmalen Weg übersehen, der sich zwischen den Dünen hindurch zur Burmeister-Villa schlängelte.

Nachdem sie herausgefunden hatten, dass Carolin dort eingesperrt sein musste, wollte Fenja natürlich sofort hinfahren, aber Suna hatte sie aufgehalten. Sie war sich sicher gewesen, dass Fenja in ihrem Gemütszustand eine Suchaktion nur behindern würde.

»Es ist besser, wenn Daniel und ich das machen«, hatte sie ihre Klientin zu überzeugen versucht. »Du gehst inzwischen zur Polizei und bringst sie dazu, einen Streifenwagen zu der Villa zu schicken. Und am besten einen Krankenwagen gleich mit. Es wird bestimmt nicht einfach, sie davon zu überzeugen, dass Carolin entführt worden ist, also gib dein Bestes. Wir werden vielleicht Hilfe brauchen.«

Nach einigem Zögern hatte Fenja zugestimmt und ihnen eine genaue Wegbeschreibung gegeben. Dann hatten sie sich getrennt.

Jetzt bog Daniel nach rechts in die Zufahrt zur Villa ein. Der Wagen fuhr ruckelnd und schwankend über den nur leidlich befestigten schmalen Weg.

»Normalerweise finde ich es ja immer ein bisschen affig, wenn Leute mit großen Geländewagen auf den Straßen rumfahren, aber in diesem Fall war es wohl genau die richtige Entscheidung, dein Auto zu nehmen«, grinste Suna. Sie schrie auf, als der rechte Vorderreifen des Wagens plötzlich über eine Bodenwelle fuhr und sie auf ihrem Sitz hochgeschleudert wurde, sodass sie beinahe mit dem Kopf gegen das Dach geprallt wäre.

»Ich wusste gar nicht, dass wir Schleudersitze haben«, bemerkte Daniel, was ihm einen missbilligenden Blick von Suna einbrachte. Dann aber lächelte sie. Sie waren beide sehr angespannt, und sie war eigentlich dankbar für Daniels Versuch, die Situation ein bisschen aufzulockern.

»Da vorn muss es sein!« Suna wies auf ein klotziges Gebäude, dessen Silhouette sich gegen den dunkelgrau verhangenen Himmel nur schemenhaft abzeichnete.

Daniel hielt mitten auf dem Weg und die beiden stiegen aus. Suna wurde fast von einer Sturmböe umgerissen. Sie taumelte und stützte sich mit einer Hand am Auto ab. Regen mischte sich mit vom Meer herübergewehter Gischt und schlug ihr ins Gesicht. Innerhalb von Sekunden war sie völlig durchnässt.

Aus der Nähe wirkte das Haus wie ein misslungener Versuch, den Charme eines alten Friesenhauses mit mondäner Protzigkeit zu vereinen. Die Grundform war dieselbe wie bei den reetgedeckten Häusern im alten Teil von Westerland, aber alles schien größer, höher, breiter zu sein – und viel hässlicher, schoss es Suna durch den

Kopf. Dazu trugen auch die völlig unpassenden, hochglänzenden Dachziegel bei, die man statt des Reets verwendet hatte, und die wahrscheinlich zusätzlich hatten Eindruck schinden sollen.

Jetzt allerdings war das Gebäude dem Verfall preisgegeben. Alles wirkte schäbig und verkommen. Die Unterspülung der Fundamente hatte tiefe Risse im Mauerwerk entstehen lassen. Im Lauf der Zeit waren die Fensterscheiben zu Bruch gegangen und durch grobe Holzbretter ersetzt worden. Am meisten erschreckte Suna jedoch, dass der Strand an dieser Stelle extrem schmal war. Sie wusste nicht, ob es an der Sturmflut lag, aber nur eine Bruchkante im Sand schützte das Haus noch vor der tosenden Brandung.

Daniel war zum Eingang des Hauses gelaufen und rüttelte an der Haustür. Er sah zu Suna hinüber, schüttelte den Kopf und sagte etwas.

Suna konnte ihn nicht verstehen, weil die Brandung und das Tosen des Sturms seine Stimme übertönten, dennoch wusste sie, was er meinte. Sie gab ihm mit einer Geste zu verstehen, dass sie einmal um das Haus herumlaufen sollten.

Auf der rückwärtigen Seite hatte sie Glück. Suna wies auf ein Fenster, bei dem sich eines der Holzbretter, mit dem es vernagelt worden war, an einer Seite gelöst hatte.

Daniel nickte. Gemeinsam griffen sie in den Spalt und zogen das Brett nach außen. Als die Öffnung groß genug für sie war, wand Suna sich hindurch. Während Daniel von außen weiter zog, drückte sie von innen dagegen. Es dauerte nicht lange, bis sich auch auf der anderen Seite die Nägel lösten. Daniel warf das Brett achtlos zur Seite und kletterte ins Haus.

Im Inneren des Gebäudes herrschte schummriges Halbdunkel. Außer durch das Fenster, durch das sie hereingekommen waren, fiel nur durch ein paar Schlitze zwischen den Brettern vor den anderen Fenstern ein bisschen Licht.

Der Raum, in den sie eingestiegen waren, schien früher ein Wohnzimmer gewesen zu sein. Ein großer offener Kamin zierte die eine Wand. Der Boden war mit feinem Sand bedeckt, den der Wind im Lauf der letzten Jahre durch die Ritzen ins Haus geweht hatte. Die Wände des Hauses hielten zwar den größten Teil des Sturms ab, aber das Geräusch der Wellen drang fast unvermindert laut durch die scheibenlosen Fenster.

»Ich denke, wenn Carolin hier ist, muss es frische Spuren im Sand geben«, meinte Suna. »Lass uns an der Haustür nachsehen.«

»Gute Idee.« Daniel nickte und versuchte sich zu orientieren. »Es muss da vorn rechts sein«, meinte er dann.

Suna nahm ihre Taschenlampe aus ihrer Umhänge-tasche und schaltete sie ein, bevor sie durch die Tür in einen langen Flur ging, der bis zur Eingangstür führte. Hier war es fast stockdunkel.

Suna leuchtete auf den Boden. Die Spuren an der Haustür waren kaum zu übersehen. Halbrunde Schleif-spuren der Tür mischten sich mit zahlreichen Fußab-drücken.

»Na, hier war ja ganz schön was los«, bemerkte Daniel. »Die meisten Spuren sind wahrscheinlich von diesem Foto-Shooting.«

Suna fluchte leise. »Verdammt, daran habe ich gar nicht mehr gedacht.« Sie leuchtete die Fußabdrücke noch einmal an. »Aber am besten müsste man doch die erkennen, die am neuesten sind«, sagte sie nach kurzem Nachdenken. »Die da zum Beispiel.« Sie wies auf die Spuren relativ großer Schuhe mit grobem Profil, die in beide Richtungen verliefen und die anderen Abdrücke teilweise verwischt hatten. Gefolgt von Daniel ging sie ihnen nach.

Sie führten in einen Raum, der etwas kleiner war als das Wohnzimmer. Er schien als Küche genutzt worden zu sein. An den Wänden sah man noch deutlich, wo früher einmal die Küchenmöbel gestanden hatten.

»Da!«, schrie Suna aufgeregt und leuchtete auf eine Klappe mit Griff im Boden. »Das muss es sein. Da drunter ist bestimmt so eine Art Vorratsraum.« Sie lief zu der Klappe und begann, am Griff zu zerren. »Carolin, bist du da unten?«, rief sie aufgeregt.

Trotz des Rauschens der Nordsee konnten die beiden deutlich die gedämpfte Stimme hören, die ihnen antwortete.

Daniel kniete sich neben Suna und schob sie sanft zur Seite. Mit beiden Händen packte er den Griff, drehte ihn und wuchtete die schwere Falltür nach oben. Feuchte, modrige Luft schlug ihnen entgegen.

»Hier! Ich bin hier«, drang Carolins klägliche Stimme aus dem Dunkel.

Suna nahm die Taschenlampe und leuchtete in die Öffnung hinein. Als der Lichtstrahl auf ein bleiches, halb unter Wasser liegendes Gesicht traf, schrie sie erschreckt auf.

»Das ist Lobinski«, sagte Daniel emotionslos. »Hier schließt sich der Kreis.«

Da Suna in diesem Augenblick nicht verstand, was er damit meinte, antwortete sie nicht. Stattdessen konzentrierte sie sich ganz auf Carolin, die durch das oberschenkeltiefe Wasser auf sie zu watete. Sie hatte die Augen gegen das helle Licht mit der Hand abgeschirmt. Trotzdem war nicht zu übersehen, wie elend sie aussah.

Suna sah sich rasch um. Es gab keine Treppe, und sie entdeckte auch keine Leiter, weder in der dafür vorgesehenen Halterung unterhalb der Luke, noch im übrigen Raum.

»Reich uns deine Hände, wir ziehen dich hoch«, wies sie Carolin an. Sie war selbst erstaunt, wie ruhig und gefasst ihre Stimme klang.

Während Carolin wie in Trance gehorchte, legten sich Daniel und Suna flach auf den Bauch und versuchten, nach ihren Armen zu greifen. Doch der Vorratsraum unter ihnen war höher als vermutet. Suna erreichte gerade so Carolins rechte Hand. Daniel konnte immerhin das linke Handgelenk umgreifen.

»Halt dich gut fest«, sagte er ruhig.

»Ich kann nicht. Mir ist so kalt.« Carolin hörte sich so schwach an, als stünde sie kurz davor, das Bewusstsein zu verlieren. Sie taumelte. Nur dass sie von Suna und Daniel gehalten wurde, verhinderte, dass sie ins eiskalte Wasser und auf Lobinski fiel, der direkt unter ihnen trieb.

Unter Aufbringung all ihrer Kräfte zogen Suna und Daniel den fast leblosen Körper hoch und hievten ihn auf den Küchenboden.

Erschöpft blieb Suna neben Carolin liegen. In ihren vom Regen nassen Sachen setzte auch ihr die Kälte inzwischen heftig zu.

Ein lautes Knacken ließ sie zusammenzucken. Sie fuhr hoch.

»Was war das?«, fragte sie erschrocken.

Daniel sah sich misstrauisch um. »Ich habe keine Ahnung. Aber es hörte sich nicht wirklich gut an. Wir sollten so schnell wie möglich hier raus.« Er streckte die Hand aus, um Suna aufzuhelfen.

Gemeinsam hievten sie Carolin hoch, nahmen sie zwischen sich und stützten sie von beiden Seiten, als sie mit ihr zurück ins Wohnzimmer liefen.

Daniel stieg als Erster aus dem Fenster. Dann zog er Carolin hinter sich ins Freie, während Suna von innen half. Als auch sie von der Fensterbank auf den nachgiebigen Sand sprang, peitschte ihr der Wind sofort wieder unerbittlich den Regen ins Gesicht. Er war so kalt, dass ihre Haut zu schmerzen begann.

Mit Entsetzen erkannte sie, was das Knacken im Inneren des Hauses bedeutet hatte.

Die Flut war noch weiter gestiegen und hatte das Haus inzwischen erreicht. Wellen mit vom mitgetragenen Sand bräunlich verfärbten Schaumkronen umspülten die dem Wasser zugewandte Hausseite. Leichte Übelkeit stieg in Suna auf.

»Bloß weg hier!«, schrie sie.

Daniel nickte. Zusammen stützten sie Carolin, die nur noch halb bei Bewusstsein war. Sie murmelte unablässig vor sich hin. Suna verstand nicht, was sie sagte, hörte aber, dass immer wieder die Worte *Fenja* und *Kristian* fielen.

»Bleib ganz ruhig. Wir bringen dich jetzt ins Krankenhaus, da wird man dir helfen«, sagte sie mit beruhigender Stimme, war sich aber nicht sicher, ob ihre Worte nicht vom Sturm verschluckt wurden.

Als sie um die Hausecke biegen wollten, nahm Suna eine Bewegung vor dem Haus wahr. Reflexartig wich sie ein Stück zurück und schob auch Daniel nach hinten. Mit einer raschen Handbewegung gab sie ihm zu verstehen, dass jemand vor dem Haus war. Vorsichtig lehnten sie sich etwas vor und spähten hinüber.

Ein weißer Volvo stand direkt hinter Daniels Geländewagen. Zwei Männer, der eine schlank und gut aussehend, der andere mit Glatze und extrem kräftigem Körperbau, kämpften sich durch den Sturm zum Haus. Der Schlanke zog einen Schlüssel hervor und steckte ihn ins Schloss der Tür.

Daniel stieß Suna an und beugte sich zu ihr hinüber. »Der eine ist Gramser. Kristian muss ihm den Schlüssel gegeben haben«, sagte er ihr direkt ins Ohr. »Den anderen kenne ich nicht.«

»Was jetzt?«, fragte Suna verzweifelt. Selbst wenn sie unbemerkt den Wagen erreichten, kamen sie nicht weg. Der Volvo versperrte ihnen den Weg.

Daniel zuckte die Achseln. Auch er wirkte verunsichert. »Keine Ahnung. Wir müssen warten. Vielleicht verschwinden sie wieder.«

»Das glaube ich nicht. Sie wissen, dass wir hier sind. Schließlich steht das Auto vor dem Haus. Wenn sie uns drinnen nicht finden, werden sie hier draußen nach uns suchen.« Suna sah sich verzweifelt um. Aber in den weitläufigen, mit Strandhafer bewachsenen Dünen gab es keine Versteckmöglichkeit.

»Ich laufe zum Volvo. Wenn sie den Schlüssel haben stecken lassen, können wir vielleicht damit abhauen«, schlug sie schließlich vor. Bevor Daniel sie zurückhalten konnte, war sie schon auf dem Weg zu den beiden Fahrzeugen.

Plötzlich ertönte wieder ein Knarren und Knacken. Es war so laut, dass nicht einmal der Sturm und die See es übertönen konnten.

Suna fuhr entsetzt herum. Als ihr klar wurde, was gerade passierte, schrie sie entsetzt auf.

Die Wellen hatten das Fundament so weit unterspült, dass es das Gewicht des Hauses nicht mehr tragen konnte. Der dem Meer zugewandte Teil sackte ab. Ein tiefer Riss wie bei einem Erdbeben zog sich durch das Dach und verbreiterte sich zusehends. Einzelne Dachziegel stürzten ins Hausinnere.

»Daniel!«, schrie Suna panisch. Sie hatte Angst, dass die Hauswand einstürzen und ihn mitsamt Carolin unter sich begraben könnte.

Als sie sah, dass Daniel Carolin hochhob und den matten Körper ein Stück vom Haus wegtrug, beruhigte sie sich wieder etwas. Doch plötzlich legte er Carolin im nassen Sand ab, rannte zum immer noch offen stehenden Eingang der Villa und verschwand darin.

»Nein! Daniel, komm zurück! Bist du verrückt geworden?«, brüllte Suna außer sich vor Angst. Aber selbst wenn Daniel ihre Worte hätte hören können, hätte er sich kaum zurückhalten lassen.

Suna rannte zu Carolin hinüber, schlang ihr von hinten die Arme um die Taille und begann, sie zu den Fahrzeugen zu ziehen. Währenddessen ließ sie den Eingang zum Haus keine Sekunde aus den Augen.

Es konnten nur wenige Minuten vergangen sein, aber ihr kam es vor, als wartete sie eine Ewigkeit. Als Daniel wieder auftauchte, hätte sie beinahe vor Erleichterung aufgeschluchzt.

Rückwärts kam er aus der Tür, wobei er Gramser an den ausgestreckten Armen hinter sich herzog. Der Privatdetektiv schien einiges abbekommen zu haben. Eine stark blutende Platzwunde zog sich über seine Stirn. Ein Hosenbein war aufgerissen und ebenfalls voller Blut, während bei dem anderen Bein der Unterschenkel ab dem Knie in einem seltsamen Winkel abgespreizt war. Von dem anderen Mann war nichts zu sehen.

Suna atmete einmal tief durch, verlor aber keine Zeit. Sie schaffte es, Carolin bis zu Daniels Mietwagen zu ziehen und die Beifahrertür zu öffnen. Noch immer hatte Carolin die Augen halb geschlossen und schien nur einen Teil davon mitzubekommen, was um sie herum vorging.

»Hör zu, du musst jetzt ein bisschen mithelfen«, sagte Suna. »Allein schaffe ich es nicht, dich ins Auto zu kriegen.«

Trotz ihres Zustands schien Carolin zu verstehen. Sie stemmte die Beine in den Sand und versuchte sich hoch-zudrücken. Mit ihrer Unterstützung konnte Suna sie auf den Beifahrersitz schieben. Sie schloss die Tür, rannte um den Wagen herum, setzte sich auf den Fahrersitz und startete den Motor. Bevor sie wieder ausstieg, drehte sie die Heizung auf volle Leistung.

»Ich bin gleich wieder bei dir«, beruhigte sie Carolin und schlug die Fahrertür zu. Sie lief zu Daniel, der neben dem im Sand liegenden Gramser stand. Er hatte die Hände auf die Oberschenkel gestützt und keuchte.

»Bist du völlig verrückt geworden, noch mal ins Haus zu laufen? Du hättest da drin umkommen können!«, schrie sie ihn an.

Daniel sah sie ruhig an. »Ich weiß«, rief er durch den Sturm. »Aber das war mir egal. Gramser ist vielleicht der Einzige, der weiß, was wirklich mit meinem Bruder passiert ist. Ich konnte ihn da drin nicht einfach verrecken lassen.« Dann wanderte sein Blick zu seinem Mietwagen. »Wie geht es Carolin?«

Suna schüttelte den Kopf. »Nicht gut. Wir müssen sie sofort in die Klinik bringen.«

»Das wird nicht nötig sein«, widersprach Daniel. Auf seiner Miene zeigte sich Erleichterung. »Hilfe ist schon da.« Er wies mit einer Kopfbewegung in Richtung Straße, von der sich ein Streifenwagen näherte, dicht gefolgt von einem Krankenwagen.

»Ich glaub' es nicht. Fenja hat es tatsächlich geschafft, die Polizei davon zu überzeugen, dass Carolin hier gefangen gehalten wird«, meinte Suna beeindruckt. »Ich denke, ich kann noch einiges von ihr lernen.«

Während Daniel auf die beiden sich nähernden Fahrzeuge zulief und sie heranwinkte, kehrte Suna zu dem Geländewagen zurück. Sie setzte sich wieder auf den

Fahrersitz und schloss die Tür hinter sich. Im Inneren des Wagens herrschte inzwischen eine wohlige Wärme. Langsam begann die Anspannung von Suna abzufallen. Sie merkte, dass ihr ein bisschen schwindlig wurde.

»Der Krankenwagen ist schon hier.« Sie lächelte Carolin an. »Die Sanitäter werden sich gleich um dich kümmern. Dann geht es dir bald besser.«

Carolin versuchte, die Augen offen zu halten. Ihr Blick huschte unstetig hin und her.

»Fenja«, begann sie.

»Wir sagen Fenja Bescheid, dass du im Krankenhaus bist. Sie wird dich bestimmt gleich sehen wollen«, redete Suna auf sie ein, doch Carolin schüttelte den Kopf und griff nach ihrem Arm.

»Nein«, brachte sie mühsam hervor. Sie sprach so undeutlich, dass Suna sie nur schwer verstehen konnte. »Nein, du musst ihr sofort etwas sagen, wenn du sie siehst. Das ist sehr wichtig, versprich es mir, okay?«

Als Suna nickte, fuhr sie fort: »Gramser hat da etwas zu Kristian gesagt, bevor er mir die Spritze gegeben hat. Fenja muss das unbedingt wissen. Er hat gesagt: *Du hattest doch auch keine Skrupel, diesen Sennemann abzustechen.*«

## Donnerstag, 21. Februar

Das Feuer knackte und knisterte, als meterhohe Flammen in den nachtschwarzen Himmel schlugen. Immer wieder fielen brennende Holzscheite und Äste in sich zusammen und hinterließen einen Funkenschwarm.

Suna genoss die wohlige Wärme, die vom Feuer ausging. Es war der Abend des 21. Februar, des Tages, an dem das traditionelle Biikebrennen auf Sylt stattfand.

Früher, so hatte Fenja ihr erklärt, war das Fest gefeiert worden, um die Seeleute und vor allem die Walfänger zu verabschieden, die die Insel bis zum Spätherbst auf ihren Schiffen verließen. Heute wurde damit der Winter ausgetrieben, und es war nicht nur ein Touristenspektakel, sondern auch eine gute Gelegenheit für die Einheimischen, sich zu treffen.

Die meisten Touristen hatten sich bereits verabschiedet und waren in die umliegenden Restaurants geströmt, um ihre reservierten Plätze beim Grünkohlessen nicht zu verlieren. Aber der hohe Holzpfahl mit dem Fass an der Spitze, der in der Mitte des Feuers stand, hielt noch. Erst wenn er soweit heruntergebrannt war, dass das Fass in die Flammen stürzte, verließ man der Tradition nach das Fest.

»Letztes Jahr war ich noch mit Carolin, Kristian und Mark hier«, sagte Fenja, die mit einem Becher heißen Tees neben Suna stand, nachdenklich. »Das war ein richtig lustiger Abend. Und jetzt ...«

Sie vollendete den Satz nicht.

Suna sah sie voller Mitgefühl an. »Es tut mir so leid«, begann sie, aber Fenja ließ sie gar nicht ausreden.

»Nein, nein. Ist schon gut. Ich bin ja froh, dass sich jetzt alles aufgeklärt hat. Und ehrlich gesagt bin ich auch erleichtert, dass nicht ich Mark die Schere in den Hals gestoßen habe.«

Suna nickte, während sie an ihrem Tee nippte.

Nachdem Kristian noch in Niebüll beim Warten auf den Sylt-Shuttle verhaftet worden war, hatte es nicht lange gedauert, bis er ein umfassendes Geständnis abgelegt hatte. Er schien beinahe erleichtert gewesen zu sein, dass er sich endlich alles von der Seele reden konnte.

Wie Suna schon vermutet hatte, war er ein Komplize von Gramser bei dessen Betrügereien gewesen. Der Privatdetektiv hatte sich Eltern herausgesucht, die verzweifelt nach ihren schon länger vermissten Kindern suchten. Seine Masche war dabei immer dieselbe gewesen: Mithilfe einer Morphing-Software, mit der man Menschen auf Fotos altern lassen konnte, hatte er durch Kristian Bilder von den Kindern erstellen lassen, wie sie jetzt aussehen müssten. Diese hatte der Fotograf in Fotos montiert, die Gramser von anderen Jugendlichen gemacht hatte, vorzugsweise von Rucksacktouristen. Natürlich hatte er dabei peinlich genau auf sämtliche Details wie gleiche Belichtung, Auflösung, den richtigen Beleuchtungswinkel und exakten Schattenwurf geachtet. Seinen hervorragenden Fähigkeiten als Fotograf hatten sie es zu verdanken gehabt, dass die Fälschungen kaum als solche zu erkennen gewesen waren. Mit diesen vermeintlich aktuellen Fotos hatte Gramser die Eltern aufgesucht und ihnen den Auftrag abgeschwatzt, nach den Kindern zu suchen. Er hatte ihnen horrende Stundensätze und ausufernde Spesen in Rechnung gestellt, ohne dabei jemals einen Finger zu rühren.

An dem Abend, als Mark umgekommen war, war Kristian gerade wie so oft bei Fenja gewesen. Sie waren nur für ein paar Minuten nach oben in ihre Wohnung gegangen, um das aktuelle Kinoprogramm im Internet abzurufen, als eine der Internet-Anzeigen eingeblendet worden war, mit der Daniel nach seinem Bruder gesucht hatte. Fenja hatte sich daran erinnert, dasselbe Gesicht kurz zuvor gesehen zu haben, als Kristian es in seinem Geschäft auf dem Computer bearbeitet hatte, und wollte sofort die Eltern des Jungen oder die Polizei verständigen.

Kristian hatte ausgesagt, dass er in diesem Moment solche Panik bekommen hatte, dass er Fenja gewürgt hatte. Mark, mit dem sie an diesem Abend ins Kino gehen wollte, war dazugekommen und hatte ihn zurückgerissen. In seinem Schreck hatte Kristian nach der Schere gegriffen und sie Mark in den Hals gestoßen. Dann war er geflüchtet, ohne sich weiter um die verstörte Fenja oder den verblutenden Mark zu kümmern.

Als Fenja ihm hatte helfen wollen, hatte Mark sie offensichtlich in seiner Verzweiflung gekratzt. Diese Hautspuren unter seinen Fingernägeln hatten die Staatsanwaltschaft schließlich davon überzeugt, dass Mark derjenige gewesen war, der Fenja gewürgt hatte.

»Dass Kristian auf Mark eingestochen hat, ist wohl eher im Affekt passiert«, sinnierte Fenja, die Sunas Gedanken zu erraten haben schien. »Ich glaube nicht, dass er ihn töten wollte. Genauso wenig wie er vorhatte, mich wirklich umbringen. Aber dass er mitgeholfen hat, die

Verzweiflung der Eltern dieser vermissten Kinder so schamlos auszunutzen, das werde ich ihm nie verzeihen.«

»Und dass er dich mit diesen Anrufen terrorisiert hat, damit dein Zustand sich bloß nicht verbessert und du dich auf keinen Fall an irgendetwas erinnerst«, fügte Suna düster hinzu.

Fenja nickte. »Für Mark tut es mir besonders leid. Er hat mir geholfen, mir sogar das Leben gerettet und musste deswegen sterben. Und dann hat man ihn sogar noch als Vergewaltiger hingestellt. Ich bin froh, dass er jetzt zumindest rehabilitiert worden ist, auch wenn ihm das ja nichts mehr nützt.«

Sie wurden von einer bekannten Stimme aus ihren trüben Gedanken gerissen, die plötzlich hinter ihnen ertönte. »Was machen denn zwei schöne Frauen so ganz allein hier am Feuer?«

Suna fuhr herum.

»Daniel!«, rief sie begeistert und nahm ihn zur Begrüßung in den Arm. »Du bist wieder hier!«

»Geradewegs aus Lausanne zurück«, bestätigte er lachend und gab Fenja einen Begrüßungskuss auf die Wange. »Ich muss morgen noch mal zur Polizei und ein paar Aussagen machen.« Er sah sich um. »Ihr seid nur zu zweit? Was ist denn mit Carolin?«, erkundigte er sich.

Fenja lächelte. »Ihr geht es schon wieder ganz gut, aber auf Kälte reagiert sie momentan ein bisschen empfindlich. Sie hat geschworen, erst wieder vor die Tür zu gehen, wenn es mindestens zwanzig Grad hat.« Ihre Miene wurde nachdenklich. »Ich fürchte allerdings, dass sie an den psychischen Folgen noch eine Weile zu knabbern haben wird. Sie hat mir gesagt, dass sie sich eigentlich gar nichts dabei gedacht hat, als sie Gramser in Kristians Geschäft gesehen hat. Sie hat nämlich überhaupt nichts von dem verstanden, worüber die beiden geredet haben. Dass er sich dann sofort auf sie gestürzt hat und sie gleich noch als unliebsame Zeugin beseitigen wollte, hat sie schlimm mitgenommen.« An Suna gewandt fügte sie hinzu: »Und inzwischen hat sie mir auch verraten, warum sie am Anfang überhaupt nicht begeistert war, dass ich dich engagiert habe.«

Suna grinste. »Du meinst, wegen ihrer aufregenden Vergangenheit?«

»So ist es«, bestätigte Fenja. »Dabei wäre mir das total egal gewesen. Ich weiß, wie sie jetzt ist, und nur das zählt.«

»Gute Einstellung«, lobte Suna. Dann musterte sie Daniel forschend. »Sind die Untersuchungen in Lausanne inzwischen abgeschlossen?«, erkundigte sie sich behutsam.

Daniel nickte. Ein Anflug von Trauer mischte sich in sein Lächeln. »Das Skelett, das sie gefunden haben, ist eindeutig das von Sébastien. Aber eigentlich war das ja schon vorher klar. Als ich begriffen habe, dass Gramser Lobinski umgebracht hat, weil der zu viel herausgefunden hatte, wusste ich sofort, dass es dabei nicht nur um Gramsers Betrügereien gehen konnte.«

Suna holte tief Luft. »Er war damals also wirklich an der Entführung beteiligt.«

»Zwar nur als kleiner Gehilfe, aber er wusste Bescheid«, bestätigte Daniel. »Und er hat alle seine Komplizen verraten. Es dürfte nur noch eine Frage der Zeit sein, bis sie auch die anderen schnappen. Der Boss der Bande sitzt sogar schon in Haft, wegen ein paar anderer Delikte. Auf seine Strafe dürften jetzt noch ein paar Jahre obendrauf kommen.«

Nachdem Gramser noch im Krankenhaus festgenommen worden war, hatte er sich eine ganze Weile geweigert, überhaupt Angaben über seine Rolle in diesem Fall zu machen. Aber irgendwann war er doch eingeknickt und hatte alles zugegeben, auch seine Beteiligung an der Entführung Sébastiens. Emotionslos hatte er den befragenden Polizisten geschildert, dass die in der Erde vergrabene Kiste, in der sie den Jungen versteckt hatten, leider einen Defekt in der Luftzufuhr hatte. Der dafür vorgesehene Schlauch war durch einen Erdbrocken verstopft gewesen. Es hatte nicht lange gedauert, bis Sébastien erstickt war.

Dass Gramser sein Wissen Jahre später schamlos ausgenutzt hatte, um dessen Eltern noch einmal auszunehmen, zeigte seine vollkommene Skrupellosigkeit.

Es geht immer nur ums Geld, überlegte Suna traurig. Sie dachte an Sébastien und an Lobinski, die wegen der Geldgier anderer umgekommen waren. Und nicht zuletzt auch an Bachert, Gramsers Gehilfen. Ihn hatte die Rettungsmannschaft nur noch tot bergen können. Er war von derselben einstürzenden Hauswand in der Burmeister-Villa begraben worden, die auch Gramser verletzt hatte. Bei ihm hielt sich Sunas Mitgefühl allerdings sehr in Grenzen.

»Ich wünschte, es wäre alles anders gekommen«, sagte sie zu Daniel und ergriff tröstend seine Hand.

»Ich auch.« Er wandte seinen Blick nicht vom Feuer ab. »Ich hätte alles dafür gegeben, meinen Bruder lebend zu finden.«

Nach einer Weile wandte er sich Suna zu. Er lächelte gequält. »Aber trotzdem ist es gut, dass wir jetzt wissen, was wirklich passiert ist. Jetzt können wir endlich anfangen, wirklich zu trauern. Nichts ist so quälend wie die Ungewissheit.«

Suna nickte. Sie hatte das schon häufiger gehört. Auch sie war froh, dass der Auftrag erledigt und der Fall gelöst war, aber sie hatte noch einiges zu verdauen. Und sie brauchte Ruhe, viel Ruhe.

Es wäre schön, dachte sie erschöpft, wenn ich als nächsten Auftrag einfach mal nur eine verschwundene Katze suchen soll.

*- ENDE -*

Kerstin Wassermann

Sturmflut: Ein Fall für Suna Lürssen

Kerstin Wassermann

Printed in Germany
by Amazon Distribution
GmbH, Leipzig